DÍA DE LA IRA

G. BARBAN
Manzanillo, Cuba, 1948

Escritor y caricaturista. Trabajó
como guionista y director de pro-
gramas de radio, alcanzando diversos premios y reconocimientos
nacionales. Es realizador de pro-
gramas de televisión. Ha escrito
cuentos y novelas.

DÍA DE LA IRA

G. Barban

Sobre la presente edición:

© Ediciones SurcoSur, 2019
© G. Barban, 2019

Edición: Gabriel Cartaya
Perfil editorial y diseño: Leonardo Orozco

ISBN: 978-1-7339820-2-3

Ediciones SurcoSur
216 W Hamiller Ave.
Tampa, FL, 33612
surcosurediciones@gmail.com

I

Mucho antes de que apareciera la muchedumbre de empleados y litigantes, Antonio Campos llegó al edificio donde radicaba el tribunal. Un vendedor de periódicos voceaba los acontecimientos de la mañana, pero él apenas prestó atención. Tragó en seco y un mal sabor le subió a la boca. Aparentaba tranquilidad, pero lo perturbaba el absurdo litigio con los hermanos Rosas. Se detuvo ante la imponente fachada. El tribunal era soberbio; desligado del suelo en que se emplazaba, resaltaba su espléndida independencia como símbolo de que la justicia está por encima de todos. Consultó su reloj. Aún faltaban dos horas; le pareció mucho tiempo, el tiempo que él no estaba dispuesto a esperar. Podía ir a beber una taza de café, pero ni un solo músculo de su cuerpo se movió. Nada, ni nadie, lo sacaría de la acera. Hubiera dado cualquier cosa por haber terminado con el asunto que lo había llevado hasta la gran esfinge gris que tanto le asustaba. Miró la notificación, leyó el decreto por el cual era citado, pero por mucho que leía, no lograba comprender los términos en que se pronunciaba. Su conocimiento de las leyes se reducía a la indignación que experimentaba contra los hermanos Rosas y al desasosiego que el lugar producía en su ánimo. Nada sabía de tribunales, nunca había estado en uno y desconocía como terminaría la querella que sus contrarios habían interpuesto contra él. Alzó la vista y volvió a sobresaltarse ante la solitaria mole. Avergonzado de su cobardía, incapaz de sobreponerse a la apabullante sensación de insignificancia, buscó una ocupación que, sin alejarlo, lo mantuviera entretenido. Lo halló en los sucios adoquines: caminar sin pisar las divisiones, con discreción, evitando que los apurados transeúntes que transitaban a tales horas lo sorprendieran en su pueril ocupación. Pronto desistió de su tonto entretenimiento, aunque lo siguió haciendo maquinalmente. Alzó la mirada y resolvió no dejarse intimidar más. Miró con hostilidad el enorme templo. Mierda, estoy haciendo el papel de papanatas, pensó, ese gallinero ya debe estar lleno. Es imposible que yo sea el único que haya madrugado. Subió los cincuenta y ocho peldaños que separaban el pórtico de la acera. Llegó al porche de columnas jónicas y se detuvo, impresionado, por lo impoluto del piso. En el vestíbulo, rematado en majestuosa bóveda, un hombre encorvado frotaba el piso con esmerada dedicación. El conserje levantó los ojos.

—Buenos días —dijo Campos, a manera de saludo.

El empleado dejó de frotar las baldosas y lo observó con interés. Luego manifestó con teatral elocuencia:

—¡Ay de los vencidos! Estás a merced de tu vencedor. ¡Vae victis! —Apoyó sus manos sobre el extremo del palo y agregó—: ¿Cuál es tu crimen?

Preguntó con pose doctoral. El recién llegado tomó aire.

—Ninguno. Yo vengo por una querella.

A Antonio le molestó que lo confundieran con un criminal. El decrépito personaje se encorvó aún más para decir:

—De eso se trata. In saécula saeculórum. Todos los que aquí comparecen vienen movidos por una querella. Níhil novum sub sole. —Acentuó sus palabras moviendo el índice de su mano derecha. Campos se percató de ciertos detalles que le hicieron sospechar que a su interlocutor le faltaban algunos tornillos en la cabeza. Éste siguió manifestando a grandes voces, alentado por su locuacidad—. ¡Prudentia iuris! Percepción de lo justo, intuición y apreciación de la debida ordenación de las relaciones de la vida social...

—¡El tribunal está cerrado! La voz del guardia de seguridad interrumpió la insensata disertación legalista. Antonio se removió como cogido en falta. A modo de justificar su presencia, iba a preguntar por la sala cinco, pero el uniformado con un tono ásperamente deshumanizado, gritó:

—El tribunal está cerrado. Si está citado debe esperar a las nueve de la mañana.

Con unas atropelladas gracias se retiró mohíno, mientras a sus espaldas resonaba la voz del conserje:

—Ni el astro de la tarde, ni la estrella matutina inspiran tanto respeto como la justicia. ¿Sabes quién es Aristóteles? ¡Él fue quien lo dijo!

El excesivo personaje se volvió hacia el guardia, lo miró con petulancia y le espetó:

—¿Pudieras trasladar tu estructura óseo-muscular a otra parte de este gigantesco receptáculo?

El rostro del hombre se torció.

—No jodas, loco.

Antonio regresó sobre sus pasos. Bajó a la acera y cruzó la calle. En un estanquillo se entretuvo mirando revistas y periódicos. Desde esa perspectiva el gran palacio judicial le resultó ridículo: al frente, una ciudadela de comercios sucios y grasientos y modestos apartamentos repleto de anuncios, calles adoquinadas, desaseadas; muestrario de la turbulencia del día anterior. Sólo alcanzaba la magnificencia en sus laterales, con la presencia de vetustos edificios de estilos griegos clásicos y dedicados a la biblioteca y al museo nacional, a manera de latinizada acrópolis. Detrás del tribunal se apreciaba una colina de sólida roca sobre la cual se veía la parte posterior de un moderno hotel de lujo. Acabada su observación, se dirigió a una cafetería y bebió dos tazas de café. A las ocho y cincuenta y siete se encaminó nuevamente al edificio. Se detuvo en la acera a mirar en perspectiva el frontón de estilo griego. De improviso, sin percatarse de donde salía, lo envolvió una multitud apresurada; se sumergió en la avalancha y entró en la primera planta. Caminó por el vestíbulo hasta ganar la amplia escalera de mármol; la trepó, siempre asediado por la misma precipitada multitud. Ya en la planta alta, la corriente humana comenzó a subdividirse como un río que degenera en muchos arroyuelos. Siguió avanzando por el corredor principal hasta llegar a un punto de control. La alarma sonó y debió regresar. Vacíese los bolsillos, le ordenaron. Se sacó un llavero y algunas monedas. Cruzó de nuevo. La alarma no funcionó esta vez. ¿Dónde queda la sala número cinco? Alguien señaló hacia adelante. A la izquierda, le respondieron. Decidido a no preguntar, echó a andar en dirección a las enormes puertas de cedro y caoba, pulimentadas de castaño oscuro. Empujó una de las hojas marcada con el número cinco. La sala estaba repleta de gente. El abogado que se ocupaba de su asunto, le hizo señas de que se aproximara.

—Siéntese. Ya le avisaré. Hoy me ocupo de más de un caso —se quejó—. Así es toda la semana.

Dicho esto, se volvió hacia el estrado, olvidándose de Antonio. Éste observó las hileras de asientos y sus ocupantes. Todos eran rostros desconocidos. Escogió el lugar que más le convenía. Hacía calor. Traía saco y corbata, pero saltaba a la vista que no estaba habituado a tal vestimenta. Metió el dedo entre la garganta y el cuello, que lo apretaba como fórceps y haló, pero la tela siguió tan ceñida como antes. Su aspecto era el de un militar, acaso por el pelado que llevaba. De mediana estatura, ancho de hombros, musculoso, acostumbrado a la ocupación fuerte, pues a temprana edad comenzó a trabajar en la carpintería de su padre. En ella conoció los secretos del oficio y le fue bien. Era dueño de un taller, tenía esposa y un hijo de seis años. Sus ojillos, de un azul intenso, relucían como cuencas de vidrio y no cesaban de ir de un lado y a otro. En el otro extremo descubrió a los hermanos Rosas. Le parecieron dos buitres.

En la sala iban llamando, y muchos de los que curioseaban pasaban a la otra parte a ventilar sus asuntos.

Eran querellas comerciales de baja estofa que el juez despachaba con rapidez. La vocecita de su hijo lo sacó de su ensimismamiento. Lo sorprendió la presencia de su esposa y de su pequeño hijo, pero luego el asombro se convirtió en agradecimiento. La tensión cedió, la presencia de su familia le hacía recobrar su confianza. Ante el gesto, su esposa se sintió en la obligación de dar una explicación:

—Tenía que venir, Tony. Esto te pone nervioso. Anoche no dormiste. Nuestro deber es estar aquí contigo. Él se mostró fuerte.

— Es algo sin importancia —dijo.

—¿Lo es? —preguntó, a su vez, la esposa, quitándole el sudor de la frente con la palma de la mano. Con ella podía ser como era realmente.

Se miraron en silencio, en un fugaz coloquio de esposos, donde él terminó por sonreírle.

—¡Rubio! ¡Rubio!

Le llegó una voz atiplada. Antonio se volvió. El abogado le hacía señas de que se acercara. El secretario leyó con voz monótona una especie de oración procesal a la que Campos no prestó atención, sólo se percató de que su nombre había sido pronunciado.

—Ariel —llamó el magistrado.

El abogado, volviéndose hacia el estrado, se puso de pie.

—¿Su Señoría?

Éste se viró hacia el abogado de la parte contraria y preguntó:

—Sánchez, ¿mantiene la demanda?

—Sí, su Señoría — respondió aquél.

Los ojos del juez se posaron en la insignificante figura de Ariel. Éste comprendió que podía hablar:

—Se trata de una presunción de los señores Rosas. No tienen pruebas de que el señor...

—buscó el nombre en el expediente, continuó—: No tienen pruebas de que el señor Campos, mi defendido, haya vendido los muebles. No hay nada concreto, todo es imaginación.

El juez levantó la mano derecha y con el dedo índice mandó a acercarse a los abogados. Éstos corrieron hacia el estrado. El juez se inclinó hacia ellos y les confió en un susurro:

—Ariel, no enredes la madeja. Todos saben que tu cliente recibió dinero por los muebles.

—Eran de su propiedad —replicó éste.

El juez, sanguíneo y poco paciente, arrugó el ceño. Tomó aire antes de decir:

—Ariel, una cláusula prohibía que los vendiera a otra persona que no fueran los Rosas. El abogado miró a sus interlocutores y dijo:

—¡No hay pruebas, Señoría! ¡Qué presenten una! —se atrevió a decir.

El encargado de impartir justicia se revolvió en su asiento.

—No dejaré que alargues esto! —amenazó. Sabes que existe una obligación, una obligación indiscutible, sólo me queda hacer cumplir la sentencia de remate.

Antonio presenciaba el espectáculo judicial sin entender lo que sucedía. Los abogados regresaron a sus respectivos puestos. Observó el rostro inexpresivo de su abogado, éste no dejó traslucir ningún gesto que le indicara cómo andaban las cosas. El juez habló de prisa:

—Los documentos que prueban que el señor Antonio Campos violó la cláusula de su convenio con los señores Rosas son concluyentes, por lo que procedo a pronunciar sentencia. Declaro con lugar la demanda, —manifestó el juez desde su sillón—, y ordeno el embargo de los muebles. Se procederá a su evalúo por peritos nombrados por las partes.

El ruido producido por el mazo del juez estremeció al carpintero.

—¿Qué quiso decir? —preguntó a su abogado, agarrándolo por una manga. El abogado le gritó al oído:

—Que los muebles irán a remate.

—¿Cómo? —Antonio se quedó en una pieza—. ¿Acaso no son míos? —protestó iracundo—. ¡Yo los compré con mi dinero y hago con ellos lo que me plazca!

—Menos lo que estipula el convenio que usted firmó —el tal Ariel se encaró, descargando su rabia en el anodino carpintero. Campos reaccionó a su vez:

—¡Ustedes se burlan de mí! —su voz se escuchó en toda la sala.

El juez, que hablaba en ese momento, se interrumpió. Antonio y él se miraron por primera vez. La expresión que se reflejaba en los rostros de los dos hombres era de indignación. El magistrado, atónito por la osadía, y el segundo, enardecido por la soberbia.

—¡Usted está loco! ¿Cómo va a inculparme por algo que es mío?

Se encaraba con la justicia. Ni el propio Antonio reconocía su voz.

—¡El caso está cerrado! —gritó el juez, golpeando repetidas veces con el mazo.

Ariel agarró a su exaltado cliente.

—¡Venga conmigo! ¡Se ha vuelto loco!

Campos se zafó con un brusco movimiento.

—¡Su justicia es una mierda!

—¡Puedo multarlo por desacato! —advirtió el juez.

Pero Antonio no lo escuchaba. Lo señalaba con su índice, acusándolo:

—¡Se vendió! ¡Usted se vendió a esos hombres!

Ariel intentó llevárselo, pero Antonio lo empujó contra una mesa.

—¡Y tú también, chupatintas!

Su esposa corrió hacia él.

—¡Vamos, Tony, salgamos de aquí cuánto antes!

Nancy lo haló y logró arrastrarlo. El juez, desde su estrado, ordenó que se presentara ante él, pero sólo consiguió que se volteara para escupir al piso.

—¡Vamos, este lugar apesta! —exclamó Antonio, exacerbado.

—¡Detengan a ese hombre! —decidió el juez.

Antonio iba ciego de ira. Nunca se había sentido más humillado. Salió al pasillo. Dos escoltas le dieron alcance.

—¡Deténgase!

Antonio los desoyó. El más próximo se abalanzó sobre él. Trató de inmovilizarlo, pero Campos se viró con celeridad y lo golpeó en la mandíbula. El hombre se estremeció y cayó al piso.

—¡Tony! ¡Tony! —gritaba Nancy, enloquecida.

El segundo custodio rodeó al enfurecido carpintero y arremetió con la fuerza de un gorila, con tan poco acierto, que chocó con la esposa. Campos, advertido, lanzó un derechazo al rostro de su contrario que, en un acto reflejo, lo esquivó, se echó a un lado y extrajo su revólver. Antonio, iracundo, saltó hacia él, logrando desviarle el brazo. El arma se disparó. Ricky, testigo aterrado de la reyerta, era lo más cercano al cañón del arma. A partir de ese momento, los acontecimientos se convirtieron en una pesadilla. Era difícil distinguir. Un velo cubrió los ojos y la mente de Antonio Campos. Nunca sabría lo que sucedió en los minutos siguientes. El primer custodio, repuesto del golpe, se puso de pie y trató de esposarlo. Hubo un forcejeo entre los tres hombres. Antonio alcanzó su llavero. Movió un resorte y apareció una filosa navaja. Antes de que el guardia pudiera evitarlo, le hundió la hoja de la cuchilla en el abdomen, le arrebató el arma y le disparó al otro.

—¿Por qué, Antonio, por qué? —gritó Nancy, enloquecida.

Su esposo no la escuchaba. En su insania, regresó a la sala. Alguien le atajó:

—¡Suelte el arma!

Dispararon. El pacífico carpintero, convertido en un ser irracional, empujó la puerta y corrió al centro de la sala. Ya nada le importaba, no había retroceso. El magistrado, todavía en su estrado, vio venir a la muerte; un policía se enfrentó al atacante, hubo un corto intercambio de disparos donde Antonio volvió a salir victorioso. Sin esperar más, disparó las últimas balas contra el juez, pero éste se echó al piso y, a gatas, ganó la puerta de su oficina.

Antonio no supo cuánto tiempo estuvo allí. Lo sacó de su extravío el sonido de las sirenas de los autos patrulleros que se acercaban. Le pareció despertar de un horrible sueño. Estaba solo en el enorme recinto. Soltó el revólver y recordó entonces la imagen de su esposa, abrazada al cuerpo de su hijo. En ese momento, escuchó que alguien lo llamaba.

—Sssshhhh... sssshhhh...

II

Justamente detrás del estrado, el conserje asomó la cabeza por una abertura secreta en el revestimiento de madera de la pared. Le hizo señas de que se acercara. Antonio, sabiéndose desde ese momento prófugo por un horrendo crimen, no dudó. Se dirigió a toda prisa al escondite. Penetró por el angosto hueco a un pasadizo. Acto seguido, el bedel colocó la tabla en su lugar y fijó unos clavos a la misma. Se sumieron en la oscuridad.

—Deberás habituarte a la ausencia de luz —dijo—. Ab irato. La ira es mala consejera.

—¿Qué quieres? —preguntó Antonio, cegado por la repentina oscuridad.

—Ocultarte de las fuerzas del mal —fue la respuesta.

—Debo regresar —repuso Antonio, dándose cuenta del temblor de sus manos.

El desconocido, poniendo en blanco las órbitas de los ojos, exclamó:

—Lo harás luego. Vienen a buscarte. Ave Caéser, Morituri te salutant. ¡Te llenarán de huecos si te encuentran! Les invade la ira; a ti te asalta la furia. Es sabio saber, hasta en estas horas de insensatez, que el débil lleva las de perder.

A pesar del aturdimiento, Antonio recibió el mensaje del extraño sensato.

—¡Mataron a mi hijo! —se lamentó.

Las lágrimas impedían que su voz sonara con claridad.

El extraño asintió.

—Vidi. Luego lo vengarás. Ven, antes que sea tarde.

—¿Adónde me llevas? —preguntó.

—Al reino del silencio. Los perros de presa husmearán buscando tu rastro, casi te rozarán, pero no te descubrirán. Aquí estarás seguro.

Muy cerca de ellos, a pocos pasos, la policía asaltaba la oficina del juez Valenzuela con el propósito de rescatarlo. Una fuerte escolta lo trasladó hasta el despacho del juez Lora, presidente del Tribunal, que apenas daba crédito a los hechos. Puesto de pie y visiblemente molesto, descargó todo su enfado contra el jefe del servicio de seguridad. Los hechos eran aún muy recientes y no se conocían del todo. Por ese motivo supusieron que el malhechor había introducido un arma subrepticiamente, con el propósito de hacer justicia por sus propias manos. Los más allegados colaboradores que fueron apareciendo, se amontonaban en el vestíbulo del despacho sin atreverse a traspasar el umbral. Lora los miraba como si entre ellos estuviera el criminal.

—Ese hombre tiene que aparecer y será juzgado con ejemplaridad. Yo, en persona, me ocuparé de este caso —manifestó acremente—. Es un bochorno para la institución, una burla a nuestra eficiencia.

Se quedó contemplando el rostro sin sangre de Valenzuela por un tiempo que nadie pudo precisar. Todas las miradas fijas en él, él atento al colega. Retornó de las lejanas regiones a la que sus pensamientos lo llevaron, para exigir con lentitud:

—Ese hombre debe ser apresado de inmediato.

Tomó entre sus manos el pisapapeles de cristal y lo observó con concentrado interés. Su atención iba del objeto al rostro del juez Valenzuela. Intentaba serenarse, pero era incapaz de dominar su consternación.

—¿Cómo pudo suceder algo semejante?, preguntó, abriendo los brazos. Se bebería un largo trago de caña. Uno capaz de despejarle la mente. Rechazó el antojo y se concentró en la concurrencia reunida frente a él. Volvió a discursear:

—Nunca había ocurrido un hecho de esta naturaleza desde que la república es república. Es el peor de todos los enemigos aquél que arremete el sistema judicial de un país. Ese criminal ha ultrajado la institución, ha realizado un ataque a lo más puro de nuestra democracia. El país entero se estremecerá. Si en dos horas este asunto no se da por zanjado, muchas cabezas rodarán.

Recorrió su despacho dando largas zancadas, a la manera del tigre en cautiverio; una apacibilidad concentrada, meditada, llena de una energía dispuesta a saltar a la menor señal. Secándose el sudor de las manos con un pañuelo que exhalaba una tenue lavanda, prestó atención a sus pensamientos.

Muchas cosas tenía que decir, pero prefirió callar. De vez en cuando se volvía hacia sus subalternos con gesto de estudiada presunción. Comprendiendo que con caminar no resolvía nada, se sentó.

—Se trata de un enajenado mental —convino Valenzuela, que atacado por una repentina fatiga seguía echado sobre un butacón.

—O alguien muy primitivo, de mente obtusa, incapaz de controlar sus acciones —intercedió Lora.

El juez Valenzuela se quitó los espejuelos y comenzó a limpiarlos. Estaba muy asustado. Era un hombre de unos cincuenta y cinco años de edad, de ojos grises y copiosas cejas plateadas como sus cabellos, los cuales llevaba largos, aunque bien acomodados.

—Estás nervioso, observó Lora, —sin percatarse de su propio desasosiego—; no es para menos, ese hombre pudo haberte matado.

Valenzuela se sintió en la obligación de dejar por sentado su valor delante de todos.

—No tiemblo de miedo. Estoy indignado, sorprendido. Ese hombre se ha atrevido a rebelarse contra la ley.

Bebió instintivamente del vaso de agua que le trajo la diligente secretaria.

—Ha sido algo muy desagradable —dijo con voz torpe.

Su pétreo rostro imponía respeto. Tenía bien ganada reputación de intransigente y era temido por delincuentes y abogados por igual.

—Pero, ¿qué sucedió para que un hombre se exaltara de ese modo? —quiso saber Lora.

La pregunta iba directamente a Valenzuela.

—Nada fuera de lo común. Era un simple acto de apremio —explicó el juez, abanicando una mano—; los demandantes solicitaban el cumplimiento del contrato establecido entre ellos y que lo obligaba a no vender los muebles que poseen gran valor histórico a otra persona natural o jurídica. Pero este individuo es de los que niegan la justicia, viviendo fuera de ella.

Se corrió hacia la parte delantera del sillón antes de continuar.

—Tú lo dijiste. Ese hombre vino preparado para hacer lo que hizo. Introdujo el arma con la cual me agredió.

—Loco o primitivo, pero se trata de un hombre muy hábil y entrenado, para mayor desgracia —interrumpió el capitán Torres, haciendo su entrada.

El hombre de confianza del jefe de la Policía Nacional se plantó en medio de los presentes y dirigiéndose a Lora, le dijo entre dientes:

—Con permiso, magistrado. El General le envía sus consideraciones. Cuente usted con nuestro total apoyo.

—Gracias, capitán —respondió el juez, apartando sus ojos del oficial—. Ese hombre se volvió loco.

—No es para menos: mataron a su hijo —expuso Torres, con toda calma, echando una mirada a su alrededor—. Su cuerpecito aún yace en el pasillo.

—¡Dios mío! —Valenzuela quedó perplejo con la noticia. Sintió un repentino dolor que le martilló la sien.

—¡Qué fatalidad! ¿Lo apresaron? —quiso saber Lora.

El policía se llevó la mano a la funda de su arma, donde la apoyó.

—No. Se esfumó.

La concurrencia se miró con incredulidad.

—Pero, ¿dónde está? —preguntó la secretaria de Lora, sin poder contenerse.

—Todos nos hacemos la misma pregunta —respondió tranquilamente el oficial—. El edificio ha sido evacuado y registrado pulgada a pulgada. Y del agresor, ni la sombra.

—¡Por Dios! —exclamó Valenzuela—, este augusto tribunal, lugar sagrado donde se ventila la mayor parte de los litigios y juicios de la nación, se convierte en la escena del crimen, para vergüenza de las fuerzas de la justicia nacional y mofa de la facción criminal.

—¿Cómo qué se esfumó?

Lora se movió, intranquilo.

—Es prácticamente imposible que haya podido abandonar la sala. Sólo hay tres entradas o salidas: una para los acusados, que está enrejada. Es un complejo de celdas. La otra da para la oficina del juez. La tercera es la destinada al público y estaba custodiada por los miembros de seguridad, quienes acudieron al producirse los eventos y no se apartaron de ella hasta la llegada de las fuerzas especiales. En cuanto a ventanas por donde pudiera saltar, no las hay en ninguna de las salas de este tribunal. Como comprenderá, no pudo esfumarse, ni podrá esfumarse, capitán. Deben registrarlo todo de nuevo. Con especial atención. ¿Usted supervisó personalmente la operación?

A Torres no le gustó el tono y la manera con que el juez Lora se dirigió a él. Sólo fue una momentánea irritación; pero, de todos modos, se sintió mal delante de aquel sabiondo magistrado. Esa molesta sensación la experimentaba, invariablemente, cuando estaba delante de un juez. Le disgustaba la petulancia con que se conducían, como si la investidura les otorgara el derecho a la infalibilidad. A pesar de su poco deseo de involucrarse en un careo de quién sabe más, consintió en disentir.

—Los hechos son irrefutables —dijo con tono condescendiente—, en algún momento utilizó una de estas tres salidas.

Se detuvo, el repiqueteo de los timbres de los teléfonos se mezcló con el bullicio ya existente. Una de las primeras llamadas fue del palacio presidencial; la consternación y el desconcierto dominaban la voz del presidente.

—Le aseguro que todo está bajo control. Las fuerzas de seguridad han tomado las disposiciones necesarias.

El ejecutivo pareció sosegarse.

—Eso espero, señor magistrado. ¿Lo apresaron?

Lora titubeó antes de responder.

—Se ha esfumado.

El hombre más poderoso de la nación enmudeció, o tal vez atendió un asunto por unos diez segundos, tiempo durante el cual su voz no se escuchó.

—¿Cómo dijo? ¿Se esfumó?

El Presidente, en palacio, abrió los ojos con desmesura. Lora se apresuró en asegurar.

—El criminal aprovechó la confusión y, al parecer, salió del edificio ayudado por la aglomeración de personas.

El Mandatario dio una excusa e interrumpió la comunicación. El magistrado comprobó su reloj, seguidamente depositó el auricular del teléfono calmosamente y se dejó caer en su sillón, pensando en la eficiencia gubernamental.

—Ya el Presidente está al tanto de lo ocurrido —se limitó a decir.

Dirigió una mirada a sus colaboradores, en busca de una respuesta.

—Deberían irse a sus casas —sugirió Torres—. Es lo más sensato. Lo hemos registrado todo. Hemos vuelto a registrar. El hombre no aparece. Les prometo, señores, que el criminal no se saldrá con las suyas. Aunque mi criterio, muy personal, es que aún se encuentra en este edificio.

Se caló el sombrero con gesto irritado.

—Parece un enigma: el hombre no tiene por donde salir, sin embargo, salió de la sala. ¿Cómo lo hizo? He ahí el problema a resolver. Lo encontraremos en algún hueco.

—Se contradice, capitán —saltó el juez Lora—. Si salió de la sala, se marchó; a despecho del más elemental razonamiento.

—No lo creo. Salió de la sala, pero no del tribunal —enmendó Torres—. Este edificio es enorme. Está lleno de oficinas, salas y una multitud de dependencias.

—¿Quiere convencernos de que ese hombre logró esconderse? Es absurda su opinión. Conozco

este edificio como las palmas de mis manos. Aquí
he trabajado durante más de treinta años. Comencé
por los menesteres más sencillos, desde un simple
pasante hasta el cargo que ostento en la actualidad.
Es como mi propia casa. Para mí, este lugar no tiene secretos. Por ello afirmo que es imposible que
alguien se esconda sin que sea descubierto de inmediato. Sería ridículo: un tribunal que sirva a un prófugo. Los constructores debieron tener en cuenta
este principio elemental.

—Tuvo tiempo para hacerlo. Según los alguaciles,
él permaneció encerrado en la sala durante diez minutos, lapso en que llegó el refuerzo y que él aprovechó para encubrirse.

—Para desaparecer —rectificó Valenzuela.

—He ahí lo bonito del asunto. Es un enigma.
Tal vez, abrió un hueco en el piso —reflexionó
Torres, burlón—. Nos quiere engañar, pero no lo
conseguirá.

—¡Por Dios, ese hombre nos va a volver loco! —resopló Lora.

—Si está aquí, lo hallaremos. Si logró salir a la
calle, también lo encontraremos. De todas maneras,
mantendré la búsqueda. Ese hombre está bajo una
fuerte conmoción. Y así es muy peligroso. De hecho,
lo ha demostrado. Culpa a alguien de su desgracia,
y el juez Valenzuela tiene mucho que ver en esos
acontecimientos. Si no desiste de su actitud, si su
sensatez no es capaz de hacerlo reflexionar, querrá
vengarse. Y usted, juez Valenzuela, es el chivo expia-
torio. En lo adelante, reforzaremos la vigilancia en
su sala, si decide reanudar las vistas.

—Se reanudarán, capitán. Un loco criminal no detendrá mi misión de administrar justicia.

—No creo que él se atreva a regresar —opinó Lora—. Reflexionará. Muy a su pesar, se sosegará, aunque desee la venganza; porque, aunque realmente parece ser un personaje vengativo y violento, no será tan tonto como para meterse en las fauces del león. Pero como digo una cosa, digo la otra: debemos ser precavidos.

El juez Lora era un hombre de más de seis pies de estatura y de patriarcal aspecto, algo cargado de espalda. Agarrándose las manos por detrás, como era su costumbre, se acercó al capitán Torres para decirle: Le agradecemos sus prevenciones. Nunca están de más. Se paseó por la oficina en actitud meditabunda. Ese hombre pudiera estar aún aquí, como usted dice, agazapado en cualquier lugar, rumiando su cólera y su dolor; su vida se ha derrumbado; de un modesto padre de familia se ha convertido en el enemigo público número uno. Es una fiera herida, ¿comprende lo que le manifiesto, capitán?

—Sí, señor, opino lo mismo que usted —habló Torres, echándole un vistazo al juez Valenzuela que ya parecía más sosegado.

III

Antonio y el conserje aguardaban. Cesaron los ruidos. La policía pareció marcharse.

—Ya no está —murmuró el maniático.

—¿Quién?

—Él.

—¿Él?

—Tu hombre.

Antonio miró perplejo el rostro de su protector, mientras éste lo observaba con la expresión de un científico que estudia un nuevo virus a través del microscopio.

—Eres un lapso, has caído en un delito. A un despiadado asesino le preguntaron cómo había comenzado su carrera. Su respuesta fue que nunca había logrado que a su mujer le gustara chuparle el tornillo. Tu carrera está más que justificada. Para la sociedad eres un criminal, para mí es justa vindicación. Lo dice la ley: ofensas graves hechas a nuestros más íntimos parientes podrán arrastrarnos, ora por impulso propio, ora por necesidades sociales, a su vindicación.

Gesticulaba y hablaba con rapidez.

—Son como trúhanes, nacidos para joder a los infelices, a los desapercibidos, a los que salen a las calles desconociendo sus derechos legales.

El aire está contaminado, huele a miasma. La acústica distorsiona las voces tornándolas espectrales, pero a Antonio le tiene sin cuidado. Su aliado, después de escudriñarlo concienzudamente, le dijo con tono lastimero:

—Dolorosamente apesadumbrado. Meditadamente enconado. Dies irae. Es latín. Dije que hoy es el día de la ira, de la cólera, Dóminus vobíscum, el Señor sea con vosotros, es decir, con nosotros, es decir, contigo. El juez Valenzuela. Ese es su nombre. Nunca lo olvidarás. Sí, piensas bien: mató a tu hijo que es matarte. Te hizo matar que es matarte.

—¡A él es a quien quiero! —reclamó Antonio. Lo sofocaban la cólera y la impotencia.

—Si tu hijo murió por su culpa, él debe morir también. Sólo así estarás en paz contigo mismo. Ven, sigue a tu lazarillo. Sin mí, andarás perdido por estas catacumbas.

Antonio se puso de pie y marchó detrás del extraño.

—Nunca tomé lo que no era mío —declaró, sintiendo la necesidad de disculparse.

—Rara avis: te creo. Tu cara es la más honrada que he visto en mi vida, pero deberás cuidarte: los buitres intentan atraparte, clavarte, picarte, acribillarte, desmenuzarte, molerte, picotearte.

—¡Quiero al culpable de la muerte de mi hijo! —fue la respuesta.

—¡Primum vívere! Guarda tu encono para su momento. Ellos procurarán que no se cumpla tu voluntad. Proclaman la inocencia del juez Valenzuela y tu culpabilidad. No cabe dudas, así será. Urbi et orbi. Pero a ti nada te detendrá. Quia nóminor leo. Porque me llamo león: te impondrás a todos por una sola razón, la razón de la fuerza.

El conserje lo llevó por los pasadizos secretos que se extienden paralelamente a las paredes y se comunican entre sí por estrechos túneles.

—Estás en el Averno, velado a las miradas, oculto al hombre; son las venas de la justicia, de facto y de jure.

El fantasmal empleado semejaba un ente de las tinieblas. Campos lo seguía a duras penas; más fornido, le resultaba muy difícil moverse por el angosto e irregular pasillo.

—Estos son mis predios. En la medianoche, hora en que los propios encargados de velar duermen en los duros bancos, yo aprovecho para penetrar en los dominios de la muerte y el secreto. Durante años ésta ha sido mi única libertad: correr como un conejo por estos corredores ignorados. Deambulo como insomne guardián de las tinieblas. Mis pasos retumban, el eco los traslada a otros confines. Me parece oír al guardián con su cuerno, esa música se desliza conmigo por las cavernas que el hombre y la conflagración construyeron.

El estrambótico tararea, con voz estentórea. Es una música jamás escuchada; música que él supone creada por Wagner, pero que Antonio sabe la ha inventado para sobrecogerlo. La marcha termina en un espacio iluminado. La luz proviene de las lámparas que atraviesan un espejo, empotrado en el baño de las mujeres. Desde allí pueden ver todo lo que sucede en su interior sin ser vistos.

—¡Yo soy el verdadero presidente de este tribunal! —se jactó—. Este es el lugar donde se expulsan las miserias humanas, con su caterva de angurias y flatulencias. La Justicia también vomita y caga. ¡Yo lo sé todo, rara avis! Nunca lo olvides. Conozco cada escondrijo que los otros ignoran. Conozco cada pensamiento, cada buena y mala acción. Conozco a estos hombres y mujeres, sus compras, sus ventas. Ad valórem. Según el valor. Si vis pacem, para béllum. ¿Comprendes lo que digo?

Antonio negó con la cabeza.

—Si quieres la paz prepara la guerra. Eso te dije, iletrado. Ubi bene, ibi patria. Te digo: donde se está bien, allí está la patria. Hombre desterrado, estos pasillos te ocultarán del odio y la soberbia humanas. Nadie te encontrará. Res nullies, te digo: cosa de nadie, ¿entiendes?

Antonio no se preocupó en responder.

—Serás mi huésped hasta que ellos pierdan toda esperanza.

—¿Por qué te arriesgas? —preguntó el otro.

—El hombre vive, aunque por fuera parezca muerto. Me uno al bando perdedor por convicción: porque quieres ejercer tu derecho a la pena del Talión: ojo por ojo, diente por diente, pie por pie, mano por mano. Súfrase quien penas tiene, que tiempo tras tiempo viene. Así reza y así debe ser.

—Ese hombre debe morir como murió mi hijo.

—Tú lo decidiste y te respeto. Sine die. Sin fijar día, eso digo, será en su momento.

Callaron. El conserje lo contempló; Campos, ajeno a todo, menos a su tragedia, apenas se movía. Sus manos, crispadas sobre el cristal y la mirada perdida. El bedel habló:

—¿Y cómo lograrás tu fin? ¿Echándote sobre él y asfixiándolo? ¿O apretarás su cuello hasta que la muerte cargue con él? No tienes un vehículo apropiado para llevar a vías de hecho tu decisión.

—¿De qué hablas? ¿Arma?

—Eso dije. Arma, es decir, un medio para llegar a tu fin. No tienes, dejaste la tuya. Te vi. Cerca de ti yacía un hombre al que le quitaste la vida. Él tenía un arma. Yo la vi. La rescaté.

El hombre mostró un revólver que sostenía con aprensión.

—Toma. La necesitarás.

Antonio no quiso hacer preguntas. Su única meta era saldar las cuentas pendientes. La revisó y la ocultó en la cintura.

—¿Cuál es tu nombre?

—Tengo uno, pero no te lo diré, porque no acostumbro a dar lo que es mío.

Al otro no le importó su negativa.

—Mi nombre es Antonio, Antonio Campos.

—Nunca he oído hablar de ti —dijo el desconocido—. Tu nombre no me dice nada, en cambio tú si me dices algo. Tú y tu nombre no son una misma cosa. Puedes pasar muy bien sin el tuyo. No es el caso de Justiniano, verbi gratia, su nombre y él son una misma cosa. En cuanto a ti, te falta el reconocimiento público. Eres de los que aman lo que hacen, pero nunca te han dicho que eres un artista de la madera. Te conformas con hacerlos y venderlos, pero he ahí mi sospecha: oculto en lo profundo de tus vísceras se mueve como serpiente enrollada, el descontento. El dinero no es la adehala suprema que se agradece. El hombre necesita una palabra de gratitud. Sólo de este modo se siente igualado a sus semejantes. ¿De dónde crees que surge el ciego furor que fomenta tantos pleitos? Nació por causa de la necesidad de ser valorado en su justa dimensión.

—Soy un don nadie, eso es lo que quieres decir —replicó Campos con amargura.

—Si te esfuerzas, te sonreirá la notoriedad, entonces te habrás ganado un nombre; serán una misma cosa.

El peculiar individuo hizo un extraño gesto y sus pensamientos tomaron otros rumbos. —No tengo por qué decírtelo, tú no eres mi amigo, sólo a mis amigos digo mi nombre. Excepto que nunca lo digo porque no los tengo. John Wodroephe hizo una observación: El amigo de todos no es amigo de nadie. Coincido con él. ¿Sabes de lo que te hablo? ¡No lo sabes! ¡Pobre iletrado! Desde que los tiempos son tiempos, se aplican reglas para conocer la justicia o injusticia de las leyes. En tu caso, que es el caso de todos los pobres que habitan estos confines llamados patria, país, nación, suelo natal, las leyes y los hombres que los hacen regir y los hombres que habitan sobre estos hombres y los otros que aún están más arriba, se burlan de ella, porque sólo rigen sus intereses, sus banales intereses de hombres mezquinos. Para nosotros no hay ex autore, ni ex fine, ni ex modo.

—Es difícil hablar contigo —protestó el carpintero.

—Muy pocos están preparados para hacerlo —respondió el insólito, con jactancia.

—¿Siempre has sido así? —se interesó Campos.

—¿Brillante? En una época fui muy bueno. El juez Valenzuela, mi esposa y yo éramos muy jóvenes —levantó el índice y con voz retumbante exclamó—. Séneca lo dijo: No existe ningún gran genio sin un toque de demencia.

Se puso a observar el baño con detenimiento, como si hubiera olvidado a su acompañante.

—Es un chapucero. Aún desconoce cómo hacer una buena limpieza. Observa, falta el brillo propio de un estilo. Desconoce todo principio de desinfección. Ignora su aporte purificador, que no es otro que quitar de una cosa lo que le es extraño.

—Eres, entonces, un gran purificador —Campos bromeó, a su pesar.

—No lo dudes, hidalgo; purificador y pulidor, pues lo parezco cuando pulimento las habitaciones puestas bajo mi responsabilidad —su mente regresó a la idea prístina—. Hace mucho de aquello, casi no recuerdo. Se llamaba Bárbara.

—¿Bárbara era tu esposa?

—Mi respuesta no te dirá nada, por tanto, no la respondo. ¿Te he hecho yo alguna?

Antonio se fijó en el loco, con sus mechones de cabellos levantados; la frente amplia, móvil, desplazándose constantemente con el resto del rostro, según hablaba. Decididamente estaba loco de remate.

A Antonio Campos no le cupo duda. Él también lo estaba cuando se había dejado encerrar en aquel túnel. El maniático conserje siguió diciendo, sin apartar sus ojos de los muebles sanitarios:

—Tengo la peor de las impresiones de tu enemigo. Eso nos hermana, mancebo. Baja al pozo y encontrarás por ti mismo la respuesta a tu inquietud. Te advierto: es difícil bajar al sumidero, puedes perder lo más valioso. Yo lo perdí. Hablo de tu vida.

—Hablo de mi hijo.

—¡Ave Cáesar! ¡Yo te saludo, iletrado, ad honorem!

IV

En ese preciso momento, la esposa de Valenzuela irrumpía en la oficina del juez Lora. Se abrazó a su esposo, alarmada:

—¿Te hirieron? ¿Qué sucedió?

El juez intentó esbozar una sonrisa que no cuajó.

—Calma, mi amor —dijo a su oído—. Todo está bajo control. Son gajes del oficio. No te preocupes.

Ella lo miró con gesto maternal; se relajó, sólo después de percatarse de que estaba ileso. Era una mujer elegante. Llevaba los cabellos teñidos de rubio y conservaba rasgos de su pasada juventud y belleza. Vestía con distinción y con su llegada, la estancia se llenó de un suave y grato perfume.

—Estás en todos los noticiarios. Dicen que murió un niño.

—Accidentalmente —aclaró Lora.

—¿Cómo pudo ocurrir algo tan espantoso?

—Un desequilibrado mental —explicó Lora—. Nunca faltan personas con trastornos de la personalidad, obsesivos compulsivos. Sucedió hoy aquí, pero lo mismo hubiera pasado en un establecimiento, en un estadio o en una calle. Sólo se necesita una pequeña chispa en forma de una simple discusión, un leve altercado y ¡pum!, la explosión. Nunca se saben sus consecuencias. Son imprevisibles.

—Ya está entre rejas, ¿no?

—Aún no, señora —fue la respuesta lacónica del capitán Torres, que la había acompañado hasta el despacho.

—¡Podría volver a hacerlo! —la mujer se angustió.

—Calma, es poco probable —terció Lora.

—Tú lo dijiste, ese hombre explotó, pero, ¿por cuánto tiempo puede durar su estallido?

—Bárbara, ya todo pasó. Valenzuela la abrazó paternalmente.

Lora se acercó a la pareja y dijo:

—Tomaremos algunas precauciones. Hasta que lo atrapen celebrarás las vistas en la segunda planta, en la sala de Dorel. Es más fácil de controlar su acceso, pero repito que ese hombre no se atreverá a meterse en las fauces del león.

Torres miró a la calle y se entretuvo en observar a los curiosos que se agrupaban detrás de las vallas. Decididamente, Lora le caía mal, pero no dejó que su rostro mostrara su humor.

—Se cree que se las sabe todas —masculló, antes de hacer un gesto de desprecio.

V

Antonio y su compinche continuaban mirando a través del espejo hacia el interior del baño.

—Las moscas se asentarán —anunció el maniático.

Dos mujeres entraron.

—Ahora entiendo —dijo Antonio, con picardía.

—¡No entiendes nada! No creas que me dedico a menesteres tan bajos y ruines. ¿Crees que es bonito ver a mujeres defecando?

Las mujeres, sin sospechar que eran observadas, vinieron al espejo. Se miraron por unos instantes. Intercambiaron frases y posteriormente, fueron a los retretes.

—Lo sucedido les ha provocado diarreas. A esa le dicen Ketty, realmente se llama Catalina Engracia, un nombre de pila que la avergüenza. Ella es la amante del juez Garriga y es esposa del abogado Romagosa. Es secretaria de sala, disfruta su trabajo de llenar expedientes de convictos, especialmente, cuando las condenas son excesivas. Nadie debe esperar nada bueno de una persona como ella. El suceso

36

del que has sido autor y figurante le ha producido gozo. Observa su cara, es toda alegría. La otra es un ser anodino, transparente. No recuerdo su nombre, deben llamarla por un mote que pudiera ser Judith, Susy u otro de similar índole. Soy el oído, los ojos y la lengua de este edificio.

—¿Fuiste picapleitos?

—Lo fui...creo que lo fui, no recuerdo bien, se me confunden las ideas. Tengo un fuerte Yo interno, que a veces me impide un contacto más directo con la realidad. La realidad no me interesa mucho, como tampoco los hombres; realidad y hombres vienen a ser una misma cosa. Conocer de hombres es conocer de mezquindades y ruindades.

—¿Por qué me has traído hasta aquí?

—Te doy a escoger: a pocos pasos hay una rejilla, la zafamos y por ella podrás huir a la calle.

—Sólo lo haré cuando haya cumplido con Ricky.

Ante esta respuesta, Otero saltó de júbilo. Acompañado con grandes gestos, exclamó:

—¡Te celebro, guerrero! ¡Es tu Yihad! Per fas et nefas, es decir, por todos los medios posibles. ¿Has oído hablar del almirante Nelson? Cuentan que era horrible; su rostro estaba desfigurado por las huellas de los combates. Le faltaba un ojo, pero eso no le impidió la celebridad. Seguidme, tú tendrás tu Trafalgar. Las moscas se asientan después del susto.

Emprendieron el regreso. Delante iba el conserje, la cabeza gacha, el pelo rebelde, las manos apoyadas a ambos lados de la pared. Caminaba con prisa. Tropezando a cada momento, pero ni aun así sus largas piernas dejaban de moverse con rapidez. Volvían por los oscuros vericuetos a la sala del juez Valenzuela.

VI

La fotografía y los datos personales de Antonio Campos fueron enviados a diversos puntos de la ciudad: aeropuertos, estaciones de trenes, de ómnibus, puerto, carreteras. La maquinaria policial se ponía en movimiento; fuerzas especiales asaltaron su casa, el taller y la casa de su hermana. Visitaron a los amigos más íntimos, a los colaboradores más cercanos. Se situaron puntos de observación en los lugares habitualmente visitados por el prófugo. La larga nariz de la policía husmeaba incansablemente. Toda persona que pudiera ofrecer información fue entrevistada. La televisión trasmitía su foto continuamente. El fugitivo no podía desaparecer, se vigilaba con atención, especialmente el edificio del tribunal, en el que se sospechaba pudiera permanecer escondido. Es inverosímil que haya encontrado un escondrijo capaz de acomodarlo. El capitán se negaba a admitirlo.

Torres había salido al portal. Desde allí observó la colosal edificación. Era un palacio de justicia en bellísimo estilo neo-griego, compuesto por dos altas alas que encuadraban en un largo patio. Emocionaban las dimensiones, pero también el contraste de un bloque respecto a otro; el efecto de la techumbre, la larga hilera de ventanas en el claristorio y en la concepción y manera de tratar el interior. Era una hermosa obra en la que se recogía lo mejor de siglos de experiencia humana. Pero Torres no apreciaba nada de esto, para él se trataba de una complicada y vasta red de oficinas, pasillos, salas, escaleras y pisos que servían de refugio a un peligroso criminal. Estaba ante una disyuntiva: o el hombre había obrado racionalmente poniendo distancia entre él y la escena del crimen, o contra toda lógica, se había agazapado a esperar, para atacar nuevamente. ¡Imposible! Sacudió la cabeza. Nadie haría una cosa como esa, aun cuando haya resultado muerto el hijo. El miedo se impondrá. El instinto de conservación hará que actúe como obraría cualquier hombre de carne y huesos. El poder doblegará al hombre. Sólo atinará a huir, a huir... ¿Quién no lo ha hecho así?

Torres se paseó, intranquilo, por donde horas antes había entrado el carpintero devenido criminal peligroso. Intentaba pensar como él, ponerse en su lugar. De repente se calmó. Pensaba diferente: lo había comprendido todo. Está muerto de miedo. Eso es. Oculto en un rincón, espera aterrado a que vayamos a buscarlo. Llegado a esta conclusión, ordenó un nuevo registro.

En la sala cinco, el juez Dorel presidía un juicio. La defensa llamaba a testigos. Detrás del estrado estaba la oficina del juez Valenzuela. Allí acostumbraba a estudiar los casos de su competencia y a recibir a abogados, fiscales, así como determinados personajes. En las paredes, anaqueles de maderas preciosas repletos de libros rodeaban el escritorio, amplio y en el que aguardaban, ordenadamente, varios legajos. Por último, un sillón giratorio de alto espaldar; frente a ellos, un sofá arrimado a la pared y dos butacas. Por doquier, pertenencias personales: fotos de familia, diplomas. En una esquina, una percha; al otro lado, la bandera. Debajo de los estantes de libros se corrió una tabla y el conserje asomó la cabeza. Parecía un ratoncito sacando el hocico de la cueva.

—Llévame a la sala, a la entrada que está detrás del juez —pidió Campos.

—¿Para ser un blanco perfecto? De inmediato se darían cuenta de tu presencia. Ahora cállate.

Se detuvo a escuchar, a sus oídos ejercitados llegaron los habituales sonidos de la celebración de un juicio.

—Las moscas se posaron —informó el bedel.

Salió y detrás lo hizo Antonio. Se acercaron con sigilo a la puerta de acceso a la sala, a cuya madera el orate pegó la oreja. Por unos segundos escuchó, atento. Después se volvió hacia Campos. Habló en voz muy baja:

—Ahí está él, pero no debe estar solo. Un pequeño ejército le acompaña, lo presiento. A veces se exageran las cosas. Si abres esa puerta de golpe no te dejarán dar dos pasos. Pudieras morir.

El carpintero apretó el revólver.

—Sin falta, pero antes me debo a la venganza. Ése no podrá reírse más de otro desgraciado como yo.

El bedel hizo una reverencia.

—Es tu decisión. Yo estaré preparado para que escapes.

Sacó unas llaves y se dirigió a una segunda puerta que daba acceso a un pasillo. La abrió. Regresó.

—Haz lo tuyo rápido y bien.

Dicho esto, se introdujo en el hueco y asomó la cabeza.

—Espero por ti.

Antonio asintió, franqueó, muy despacio, la puerta de entrada a la sala. Observó por la rendija. No daba directamente a la sala, sino a un vestíbulo que lo ocultaba de miradas indiscretas. Escuchó con toda claridad las voces del testigo y del abogado. Se echó al piso y se arrastró. El jurado y el público seguían absortos las declaraciones del testimoniante. Nadie se percató del hombre tirado en el piso que se movía como un infante. Avanzó hasta alcanzar el vano del vestíbulo. Desde allí divisaba lo que le interesaba: veía el perfil del juez, sentado en su butaca en lo alto del estrado. Apuntó despacio. Apretó el gatillo. La detonación retumbó en la enorme sala como si el estampido hubiera corrido de un lugar a otro en busca de una salida. El juez cayó hacia delante. Los custodios, desconcertados, se movieron buscando el sitio exacto donde se hallaba el agresor. Todo transcurrió en fracciones de segundos. Ese pequeño lapso y el desorden que se originó permitieron a Antonio retroceder y cerrar la puerta. En ese momento, descubrieron su maniobra. Los proyectiles comenzaron a agujerear la madera. Antonio corrió hacia el escondrijo en medio del estrépito de las balas. Su eficiente secretario repuso con acelerada agilidad la tabla en su lugar. Sus perseguidores derribaron la puerta. Engañados por la estratagema de su cómplice, echaron a correr por el pasillo, siguiendo una pista equivocada. Pegados a la pared, muy cerca, los dos fantasmales malhechores se mantuvieron inmóviles: las piernas recogidas, rodeándolas con los brazos y las cabezas enterradas en éstos. No hablaron, apenas respiraban. Durante horas escucharon pasos y ruidos. Los olfatos de los sabuesos, aturdidos por los olores de las sustancias esparcidas por su brillante cómplice momentos antes, deambulaban sin encontrar rastros. Alguna que otra vez, a Antonio le pareció oír sollozar al loco, pero ni preguntó, ni hizo ningún comentario. A la medianoche, el demente levantó la cabeza y dijo:

—Mataste a un inocente. Lo supe un segundo antes de que dispararas. Lo escuché hablar. Era Dorel. Un hombre libre del pecado de la muerte de tu hijo. Homicidio casual por una causa ilícita e irregular. Sé que ignoras de lo que te hablo.

La demencia pareció apoderarse de nuevo de la mente de Antonio Campos.

—El mal tiempo se avecina. Tenlo presente: el Poder está preocupado, has escupido en uno de sus sagrados valores; David ha retado a Goliath. El secretario de Gobernación, como viento negro, ha hecho que sus chillidos retumbaran en la oficina del principal. Amenazó con traer al Ejército, con derrumbar este inmenso envase, si no te apresan en las próximas horas. No sólo te rebelas, sino que te mofas. Una rata vale más que tú. La fuerza de los que gobiernan, que no conciben tal desafuero, arrasarán con todo, demostrando una vez más que la tal independencia de la Justicia es mera retórica de demagogos. No importa que seas carpintero, esclavo o presidente. Eres el culpable de que nuestra justicia, de la que vivíamos tan orgullosos, haya quedado desnuda. Corre a ponerse el peplo. Los hombres no comprenden las cosas de los hombres. No entienden que un hombre debe matar a otro hombre. Se entrometen en tu disputa.

VII

Al juez Valenzuela lo trasladaron de inmediato a la oficina de Lora.

—¡Ese hombre ha perdido el juicio! ¡Matar a Dorel! ¿Cómo entra? ¿Cómo sale?

Torres se devanaba los sesos.

—Ese hombre se conoce este edificio.

—¿Trabajaría aquí con anterioridad? —se aventuró a preguntar el teniente Ross.

—Averígualo —ordenó Torres de mal talante.

—Entonces sólo hay una explicación: alguien que trabaja en este lugar le presta ayuda.

Torres se limitó a mirar a su subalterno.

—El caso es demasiado sucio y sangriento para que alguien se involucre en él sin un motivo poderoso.

—Cualquiera de los enemigos del juez Valenzuela —el teniente se movía, atravesando las filas de las butacas como buscando posibles huellas. Después de observar el rostro de su jefe, agregó: Todo el mundo los tiene.

—Es demasiado inverosímil.

—Alguien pudiera odiarlo por cualquier motivo desconocido —arguyó el Ross, sin darse por vencido.

—¿Un juez? ¿Un alguacil? ¿Una secretaria? ¿Estarías tú dispuesto a que te echen cadena perpetua por complicidad, por ocultar a un tipo que en un arranque de locura disparó contra todos los que se interpusieron en su camino?

—¿Y si es un pariente del criminal? ¿Un primo, una tía?

—Haz tu trabajo.

—Sea lo que sea, alguien coopera con él —afirmó Ross.

A pesar de todo, el capitán se sentía satisfecho. Algo se había avanzado. La policía sabía dónde concentrar sus esfuerzos. La paloma no podrá volar, porque no la dejaremos.

—Todo se reduce a una cacería —comunicó a sus oficiales.

Se estrechaba el cerco. El edificio fue cercado. Tomado militarmente. Registrado minuciosamente. Nada podía moverse sin que no fuera detectado de inmediato. Se puso en acción la técnica más moderna y sofisticada. El propio General se presentó en el lugar de los hechos.

—¿Cuántas horas necesitas para terminar con esto? —preguntó a Torres.

—Desde una hora a varios días, señor.

El Jefe de la Policía Nacional miró perplejo a su subalterno. Si otra persona le hubiera dado esa respuesta lo habría tomado como una broma, pero tratándose de Torres, sabía que no era hombre de chistes.

—¿Qué dices? Hablamos de un hombre agazapado en un rincón. Está acorralado, hambriento, perturbado mentalmente. Su captura es inminente.

—Trataremos de ser tan optimista como usted, señor.

El jefe lo escrutó sin decir palabras. Resopló indignado. Con Torres se andaba con cuidado, nunca se sabía en qué manga guardaba la carta del triunfo.

—¿Por qué te gusta complicar las cosas? Acosar y detener a un hombre es un asunto de rutina.

Torres callaba. El jefe de la Policía Nacional volvió a la carga:

—¿Por qué el mecanismo policial no va a funcionar del mismo modo en esta oportunidad? —inquirió, pero Torres se mantuvo en silencio.

El tan temido jefe volvió a estudiar el rostro del capitán.

—Quiero resultados. ¿Eres capaz?

Encendió un cigarrillo y le echó el humo en la cara. Torres aguantó los deseos de toser.

—¿Te imaginas la repercusión de esta mierda?

El jefe no cesaba de vapulearlo.

—Este asunto se sabe en la Conchinchina, nos traen a mal traer. Piensan que no somos todo lo eficiente que se necesita.

El jefe se paseó hasta alcanzar el estrado.

—Estoy a punto de creer que has perdido tu antigua combatividad. Capitán, se trata de un bruto, de un sujeto impulsivo. No hay nada planeado en sus actos, por tanto, carece de recursos. Esto es una sencilla cacería.

—Hasta ahí estamos de acuerdo —manifestó Torres, decidiéndose a hablar—. Sin embargo, los hechos demuestran lo contrario: entra y sale cuando quiere. Nadie puede impedirlo.

—¿Buscaron debajo del estrado? —preguntó el general con la mayor seriedad.

Mientras que Ross enrojecía a causa de un brusco acceso de risa, Torres odió al bobo que su jefe llevaba dentro. Su voz volvió a enronquecerse.

—Si con ello usted desea saber si hemos registrado exhaustivamente el local donde ocurrieron los hechos, puedo decirle categóricamente que sí: hemos examinado detenidamente la sala en busca de posibles escondites —Torres tomó aire antes de finalizar su informe—. El reconocimiento fue infructuoso. Lo curioso es que el criminal llega a la sala del juez Valenzuela, le dispara. Acto seguido, desaparece y no podemos dar con su paradero. Pocas horas después, reaparece. Mata al juez Dorel y se escabulle nuevamente. Es como si hubiera preparado con antelación las cosas para cometer sus fechorías. Hay poco de improvisación en esto, señor. Yo diría que es una persona hábil, adiestrada, audaz, demente e ingeniosa. En una palabra: invulnerable.

Poniendo cara de suspicacia, el jefe de la Policía Nacional se aflojó.

—¡Viejo sabueso, ocultas las cartas bajo las mangas de tu raído uniforme! ¿Qué idea tienes?

—Alguien de adentro le presta ayuda —declaró, ahuecando la voz.

—¿Un cómplice?

A un verdadero policía nada lo tomaba por sorpresa. El General se limitó a entrecerrar los ojos y mirar fijamente a su interlocutor.

—Es una idea osada.

—Es la única forma de andar y desandar tan impunemente. Por otro lado, no creo que posea atributos especiales, mágicos, que lo hagan desaparecer en una columna de humo. Lo considero un hombre de carne y hueso, al que alguien, por no sé qué razón, le presta ayuda.

Torres miró de reojo al teniente Ross.

—Bien. Tienes mi apoyo. Acaba con esto como sea y lo más rápidamente posible. Recuerda que allá fuera muchos quieren crucificarnos.

VIII

El conserje dejó a Campos y se fue al cuarto de los estandartes, como él bautizara al lugar donde guardaba los útiles de limpieza. Se cambió de ropas y siguiendo una tradición de muchos años, se dirigió a la entrada del edificio a comenzar su faena.

—¡Eh, tú! —un policía le salió al paso—. ¡Debes retirarte!

—¡Suum cuique! —exclamó, con gesto altanero.

Sin prestar más atención al agente, metió la frazada en el cubo con agua. El policía se le acercó.

—Dije que no puedes permanecer en este sitio.

—¡Y yo te respondí: Suum cuique! A cada cual, lo suyo. Tú, dedícate a tu profesión; yo, a la mía.

—Es una orden. Tus compañeros se marcharon. Tú debes hacerlo. No puedes estar aquí.

—Nada hice, nada temo.

—El juez Dorel tampoco. Vamos, el capitán Torres no quiere a nadie adentro. Pudieran dispararte. Muévete, haz lo que te digo. Márchate en paz.

—Némine discrepante, iletrado, sin que nadie discrepe. Devolveré los útiles a su lugar y me marcharé.

Tomó los objetos y se encaminó a depositarlos, mientras discurseaba incansablemente.

—¿Quién es ese tipo? —preguntó otro policía.

—Le dicen Sócrates. Es un pobre orate que presume de sabio. Trabaja aquí desde que el tribunal era de palo.

Los agentes rieron. Por su parte, el conserje hizo un descubrimiento que lo dejó pasmado. ¿Cómo no acordarse de algo de tanta importancia como es el ingerir alimentos y agua?

—Pobre desgraciado, ¡a merced y a expensas de uno que está peor que él! ¡Veo el bien, lo apruebo, pero hago el mal! El orate se golpeó la frente repetidas veces. ¡Alea lacta est!

El cansancio, la sed y el hambre habían rendido al torturado Antonio. Se acomodó sobre escombros abandonados. A pesar de las incomodidades se durmió, fue un sueño doloroso, intranquilo. Despertaba constantemente. La imagen del cadáver de su hijo volvía cada cierto tiempo, haciéndolo estremecer brutalmente.

El conserje abandonó el edificio en plena madrugada. Fue a una cafetería a saciar el hambre y la sed. Hecho esto, compró provisiones para su protegido y regresó. Las calles adyacentes estaban ocupadas por la policía. Decidió tomar la calle transversal al edificio del tribunal, solitaria y mal alumbrada, aprovechó las sombras que proyectaban los salientes del edificio de la biblioteca nacional para acercarse a uno de los laterales del tribunal. Caminaba pegado a la pared. Su propósito era llegar hasta la boca de la alcantarilla, a mitad de calle. Observó detenidamente a su alrededor. Buscaba presuntos emboscados. Era consciente de la desesperada acción que iba a realizar. ¡La suerte está echada! ¡Alea jacta est! Corrió hacia la tapa de la alcantarilla y se agachó junto a ella. Enterró sus dedos en el resquicio del pavimento y haló con todas sus fuerzas. La tapa no cedió. Los delgados músculos se tensaron, semejantes a cuerdas de violín; tiró con mayor vigor y la cubierta se despegó. Un desagradable olor llegó a su nariz. Amarró la bolsa con los alimentos a su cinturón. Metió las piernas en el negro hueco y dejó que su cuerpo se deslizara. Con los pies, a tientas, buscó apoyo. Lo halló en unos tubos plásticos. Se montó a horcajadas en ellos y tiró de la tapa colocándola en su lugar. Se descolgó. Cayó en el fondo de la cloaca. Rodeado por una oscuridad impenetrable, palpó las paredes en busca de la lámpara. Después de explorar inútilmente pasó a la pared de enfrente. Tropezó con tubos plásticos, siguió palpando hasta que sus manos tocaron la rejilla protectora de la lámpara. Buscó el interruptor y lo movió. La luz cubrió un corto trecho; era una precaria ayuda, pero le sirvió para orientarse. Se encaminó hacia el fondo del túnel; a la total oscuridad. Marchaba en medio de charcos de agua pestilente. Se movía agarrado a la pared. Debía encontrar, a ciegas, el desagüe del edificio. Advierte bien, date cuenta —se decía—. Nota bene. Oh, dioses, sonreídme. No me lleven más allá del exacto lugar. Non plus ultra. Palpaba cada centímetro del paredón. Busco un hueco, un agujero, un hoyo, un conducto; lo repetía, obstinado, mientras se movía lentamente. Oh, dioses, sonreídme, no me torturéis. Sintió una débil corriente de aire, quizás un imperceptible cambio de temperatura, lo que fuera, su espabilada piel lo notó. ¡He aquí el centro del universo! ¡Eureka! ¡Helo ahí! Rio emocionado. Sus manos habían dado con el extremo del desagüe. Ahora debía escalar los casi dos metros de altura e introducirse en él. Perseverante como era, por naturaleza y por disposición de su enfermedad, y sin otra ayuda que sus manos y pies, agarrado a la abertura, intentó trepar una y otra vez, siempre inútilmente. No hacía caso al dolor y al cansancio; saltaba con desespero, como si en ello le fuera la vida, a la vez que sus manos y pies se adherían a la pared en un esfuerzo por elevarse y ganar la pequeña entrada del canal. En varias ocasiones rodó por el suelo, pero siempre se alzaba y volvía a intentarlo. Hasta que su empeño se vio coronado por el éxito. ¡La Fortuna me sonríe! —gritó—, logrando meter la cabeza en el hueco. Parirán los montes y nacerá un ratoncillo, dijo, con los dientes apretados. El conducto era más pequeño de lo que imaginó. Nosce te ipsum. Conócete a ti mismo y conocerás mejor a los demás. Se quitó el bolso de la cintura y lo echó dentro. Descansó por un momento. Había creado un atoro provisional que le ayudaba a mantenerse suspendido. Debía entrar un brazo, primeramente, mientras el otro quedaba paralelo a su cuerpo. Era la única manera de que sus hombros pasaran. Despacio, para no perder el equilibrio, llevó el brazo derecho adelante; con esa mano empujaría la bolsa de provisiones. Logrado el primero de sus propósitos, se impulsó con el brazo que quedaba atrás y con las extremidades inferiores. De manera tan precaria, casi reptando, pudo embutirse completamente. No tenía ninguna libertad de movimientos, excepto el arrastrarse hacia delante o hacia atrás. Lo hizo durante mucho tiempo, tal vez más del que imaginó. A esa hora, sudaba copiosamente y su piel exhibía toda clase de rasguños y contusiones. El más pequeño de los obstáculos, la más leve modificación del grosor de la cañería por la que se arrastraba se convertía en la peor de las dificultades. Una piedrecilla hacía tanto daño como la más afilada cuchilla. Nosce te ipsum. Repetía, como en una letanía. Sólo el afán de servir le impulsaba a sobreponerse al miedo de quedar atascado en el estrecho tubo. Una arenilla se le metió en la nariz y en la boca. Los ojos le ardieron, tosió, pero siguió arrastrándose con típica tozudez espartana. A los quince metros, el conducto se estrechó aún más. El brazo y la cabeza quedaron aprisionados. Se impulsó con todas sus fuerzas, pero apenas se movió. Nosce te ipsum. Nosce te ipsum. Se aterrorizó. Estaba atrapado. Su ánimo se quebró. Profirió alaridos. Le faltaba el aire. Boqueó como pez fuera del agua. Lloró, se sacudió violentamente, sin importarle las laceraciones. Pujó con todas sus fuerzas. Seguir adelante era continuar cavando su tumba. La muerte le horrorizaba, pero morir de aquella manera era siniestro. He ahí que he vivido como un ratón y moriré como tal. Me castigan los dioses, me castiga el destino. Al primer intento de obrar como obran los inmortales, me acorrala la nefasta infortuna para inmovilizarme para siempre en este purulento tubo de desperdicios. Aquí yacerá mi esqueleto, olvidado y perdido, víctima de su falta de juicio. ¡Loco! ¡Insensato! ¿Qué has hecho? ¿Qué has hecho? —gemía—, a punto de desmayarse. En medio del ataque de histerismo, sintió como la cabeza y el hombro cedieron. Se impulsó una vez más y el cuerpo se movió. Nosce te ipsum. Nosce te ipsum —exclamó—, arrasado en lágrimas. Durante largo rato se escucharon sus sollozos de criatura abandonada. Avanzó hasta llegar a una bifurcación. Ahora eran dos caminos. Uno de ellos iba al patio, el otro quién sabe dónde. El problema era escoger el correcto. El miedo, el mismo miedo de siempre, volvió a adueñarse de su cordura. Pero es que hasta el miedo tiene término y éste cedía ante lo que se había fijado como meta suprema de su vida. ¡El fin corona la obra! —se dijo—, decidido; movido por la noble causa: Un hombre se debate solitario contra el mundo. Ese hombre necesita un hermano, gritó. Tomó el de la izquierda. El aire estaba más enrarecido. Se movió con relativa facilidad, a pesar de que la arenilla y las basuras le impedían avanzar. El aire pareció acabarse. Se impulsó frenéticamente buscando una bocanada de oxígeno. Se detuvo desfallecido. Volvió a empujar con los pies. Anduvo unos metros más y el ambiente refrescó. Alzó los ojos y vio la luz que penetraba por los huecos de la rejilla del tragante del patio.

A Antonio le llegó un olor repulsivo. Frente a él tenía a su alocado camarada.

—¿Tienes hambre? —preguntó éste.

—Sed, mucha sed —fue la respuesta del castigado fugitivo.

—Toma. Disculpa a este esclerótico orate de siete suelas que olvida detalles tan determinantes como son el beber, el comer...

Y olfateando, agregó:

—O el orinar. Ven, te mostraré una vez más el camino y la manera de entrar al baño de las damas.

—Antes déjame beber y comer.

—Que se haga tu voluntad. También traje esto, dijo, encendiendo una linterna. —La guardo en mi ropero. Debí haberla tomado desde el primer momento, me hubiera ahorrado sinsabores. Este artefacto será necesario.

Alumbró a Antonio, que se dedicaba a devorar los alimentos. El conserje lo observó.

—Tu caldera no se sentirá satisfecha con lo yantado. Tienes las uñas grandes, eso significa que nunca te dedicas a estudiar las trivialidades. En tu opinión, ¿qué es frívolo y qué no lo es? Apuesto a que no lo sabes. He ahí que tienes las uñas grandes. Eres persona apegada al trabajo. No tienes tiempo de levantar la testa y mirar a tu alrededor.

El hambriento refunfuñó.

—¿Podías apartar la luz? Me molesta.

Pero el enigmático parecía interesado en otra cosa.

—¿Tus uñas son rojas y con puntos? Deja ver...no veo bien...sí, son rojas y con puntos, entonces eres de un temperamento colérico. Seguramente tus uñas son rojas y con puntos. Mis uñas son cuadradas. ¿Las ves? ¿No? Después te las mostraré. Eso indica amor a la libertad, inclinación a la vida aventurera. Yo soy un aventurero a mi manera. Mis aventuras ocurren entre las cuatro paredes de mi productor de ideas, es decir, de mi cráneo. ¿Tu generador de fantasías funciona a plena capacidad?

Campos volvió a refunfuñar.

—¿Puedes apagar la linterna?

Su auxiliar denegó con la cabeza.

—Me gusta hablar y mirar a mi interlocutor. Dime, ¿es capaz tu ingenio de crear bellas secuencias de excelso romanticismo? ¿Has besado alguna vez, imaginariamente, a una hermosa mujer inexistente? Eres rústico, ¿lo sabías?

El fugitivo, sin dejar de comer, respondió:

—Puedo ser muchas cosas, sin saber que lo soy. ¿Cómo saliste de aquí?

El conserje apagó la luz.

—Fácilmente. ¿Olvidas que estoy de parte de la ley? ¿Desconoces que sirvo al sheriff?

—No lo he olvidado y me intriga tu proceder. Te pones a favor mío, a sabiendas de que en ello te va la vida. Después de mi tragedia, en la otra cosa en que me detengo a meditar es en tu proceder. ¿Qué te lleva a ti a servir a un criminal? ¿El afán de aventuras?

El loco encendió la linterna, al tiempo que hacía musarañas.

—Las aventuras las hallo en mi propia cabeza o en los libros.

Se alumbró a sí mismo y Antonio pudo observar las laceraciones en brazos y rostro.

—¿Qué te sucedió? ¡Hueles a rayo!

—Es la confirmación de lo que acabo de expresar —respondió el alocado—. Nadie me vio. Han espantado a las moscas. Este receptáculo de estilo jónico sólo estará ocupado por ti, por mí y por las fuerzas de seguridad pública. Los demás se han marchado y no volverán hasta que te saquen con los pies por delante.

Antonio terminó de comer en silencio. Después dijo:

—Me entregaré.

El conserje le arrojó la luz de la linterna al rostro.

—¿Que has dicho? —su voz sonó alterada.

—¿Qué has dicho tú? Si no puedo cumplir con Ricky es mejor acabar con esto de una vez.

—¿Propones rendir tus lanzas, entregar tus estandartes, renunciar a la música de los vencedores? ¡Rara avis! ¿Dejarás que te culpen de la muerte de tu hijo? ¡Serás escarnio, vergüenza, ejemplo! ¡Se habrán salido con la suya! ¡Los buitres reirán! ¡Celebrarán sus banquetes comiendo de tus entrañas!

Se puso de pie y empezó a moverse de un lado a otro, incontenible. Su alargada y encorvada figura, alumbrada por el haz de la linterna le daba la apariencia de un fantasma. Sus manos subían y bajaban como garras. Estaba frenético. Con sus escasas y largas canas, erizadas; su nariz de cotorra, generosa; la frente amplia, arrugada; los ojos pequeños, agudos, de mirada suspicaz; la boca larga, incansable, verbosa; su aspecto cómico se había convertido en un horrible espanto.

—¡Ay, del que cae! ¡Del que se rinde, del que se arrepiente, del que traiciona, del que retrocede, del que se acobarda, del que se cansa! ¡No habrá piedad!

—Tarde o temprano me sorprenderán.

—Tarde o temprano vengarás a tu hijo.

—¿Cómo puedo hacerlo?

—Yo te diré cómo.

Guio a su protegido hasta el baño de las mujeres.

—Verás cómo se entra y se sale sin que nadie se percate. ¿Ves este hueco? Sígueme.

El ágil conserje se metió en él. Tenía unos cincuenta centímetros de ancho y metro y medio de profundidad.

—La justicia oculta secretos. Este es uno de ellos —exclamó, indicando una pieza que con bastante esfuerzo retiró—. Ven, sígueme.

En cuatro pies recorrieron un túnel de apenas dos metros de largo. Al final había otra pieza, pero antes de moverla, había que empujar un delgado tubo que a su vez y ya en la superficie del baño, empujaba un bote de basura que cubría la losa movediza. La luz de la toilette les dio de lleno.

—¿Sabes quién es Le Rochefoucauld? No debes saberlo. Este buen señor dijo que al envejecer se tiene más prudencia y se hacen más locuras.

Penetró en el cuarto de baño, seguido de su compañero. Fue a la puerta y la cerró por dentro. Antonio, por su parte, se inclinó sobre un grifo de agua y bebió largo rato.

—Aún no son las cuatro de la mañana. Nos queda tiempo para hacer lo debido. ¿Recuerdas que te dije que a unos pasos de aquí hay una rejilla que nos puede facilitar la evasión? Pues eso haremos. Saldremos de aquí. Iremos a mi casa.

Lo dijo mientras se quitaba el mono que echó al agujero. Antonio miró las múltiples heridas de aquel extravagante ángel de la guarda que el destino le había deparado. El alucinado pareció leer sus pensamientos. Se limitó a decir:

—Con centavos no saldas cuentas millonarias. Come, debes alimentarte si deseas cumplir con tu hijo.

—¿Por qué me ayudas?

—Porque, tal vez, yo hubiera querido hacer lo que tú haces.

—¿Sabes a lo que te arriesgas?

El conserje rio estentóreo. Su risa era dolorosa. Sus ojos danzaron en sus órbitas. De súbito, se detuvieron para clavarlos en Antonio.

—¡Nada hay peor que veinte años de vergüenza expuesta a la picota de mi razón; menospreciado y odiado por mí mismo! ¡No hay poder capaz de atemorizarme! Si no he hecho lo que tú haces se debe a mi débil constitución, que me impide propasarme. En cambio, tú, ideal corso, preparas el mucchio a Valenzuela.

IX

Los ocupantes del tribunal no dormían, hacían rondas toda la noche. Se movían silenciosos y atentos, preparados para entrar en acción. Portaban fusiles automáticos, iban protegidos por chalecos antibalas, cascos y gafas especiales. Se comunicaban por radio entre sí y con el centro. Hablaban en voz baja para evitar descubrir su presencia. Una pareja llegó al pasillo del baño de las mujeres de la oficina de la administración en la planta intermedia. El ruido del agua al caer, los puso sobre aviso.

—Ronda seis a Centro —llamaron.

—Aquí, Centro — respondieron.

—Envíen refuerzos. Alguien utiliza las duchas de la planta intermedia.

La comunicación cesó.

Valenzuela tampoco dormía. Sin apenas moverse, para no despertar a la esposa, repasaba los acontecimientos de que fuera importante testigo (aunque este término entraña una acción voluntaria y su recordación no tenía nada de espontáneo). Reproducía, si este era el vocablo apropiado, dolor y angustia; lo mismo que había sentido en aquellos amargos momentos. A Bárbara le ocurría otro tanto. Le era imposible conciliar el sueño debido a una fuerte aprensión, especie de presentimiento que la sobrecogía. Ella sabía perfectamente de donde provenía aquel miedo: de la certeza de que algo muy malo podía ocurrirle a su esposo. Una grave amenaza se cernía sobre él: un hombre sin entraña estaba decidido a matarlo. Y este sujeto la amedrentaba. Así, entre pesadillas, en que las cosas más atroces y absurdas suceden sin poder evitarlas, transcurría la noche para los esposos.

—Guillermo, estás desvelado.

—Lo siento, pero no he podido cerrar los ojos.

—¿Quieres un sedante? —ella se arrimó a él.

—No, gracias. Sabes que no los tomo.

—Estás preocupado y con razón. Ese loco no parará hasta intentar hacerte algo malo, si antes la policía no da cuentas de él.

—Esas son sus ideas; pero eso no es realmente lo que me preocupa. En mi larga carrera muchos criminales me han amenazado. Ese es el precio que debemos pagar por nuestras funciones. Nunca he rehusado el riesgo que entraña mi responsabilidad ciudadana—. Valenzuela encendió la lámpara de noche antes de proseguir: Me perturban las palabras de Torres. ¿Recuerdas lo que dijo? Él tiene la opinión de que alguien lo ayuda.

—¡Esas son conjeturas! —exclamó Bárbara, inquieta—. ¿Y qué es lo que te preocupa? La policía apresará a ese loco y que Dios se apiade de su alma. Además, ¿por qué habrían de ayudar a un asesino?

Nadie se prestaría a convertirse en cómplice de ese hombre. Al contrario, todos en el tribunal te aprecian. ¿Viste a Damián lo preocupado que estaba por ti? Todos saben que obraste correctamente. Esas son conjeturas de policías. Ellos viven en su mundo, el mundo fantasioso policial, donde todos somos criminales.

Bárbara se recostó sobre su esposo.

—Tengo una impresión desagradable, como si algo fuera a ocurrir...un presentimiento que me ha quitado el sueño.

—Te traeré un sedante.

—No, prefiero esperar bien despierto la mañana.

X

Cesó el sonido del agua al caer. La pareja de policías se acercó a la puerta. Cada uno se apostó en los laterales de la misma. Del otro lado; en el interior del baño, el bedel estaba inmóvil. Aún mantenía el brazo extendido, ordenando inmovilidad absoluta a Antonio. Tenía una corazonada. Le indicó con un gesto que se metiera en el agujero. Sirviéndose del mono secó las huellas de los pies. Lo hizo rápido y en el más completo silencio. Saltó al agujero y corrió hasta el pasadizo para cerrar la llave de paso. Regresó y abrió el grifo de la ducha. Se metió en el agujero y colocó la baldosa. Al salir al corredor colocó la otra pieza.

El refuerzo llegó de inmediato. Seis miembros de un grupo antiterrorista entraron en escena. Se abalanzaron sobre la puerta y de un golpe la abrieron. Se desplegaron en perfecta formación de combate: unos arrodillados, otros de pie. Cada cual apuntaba a un sector de fuego diferente. Revisaron el local.

—No hay nadie —informó el jefe del grupo.

El conserje abrió la llave de paso y comenzó a caer agua por la ducha. A través del espejo observaron la escena.

—¿Ves? En eso radica toda la sabiduría del mundo: acomodarse uno a las circunstancias.

Antonio admiró el temple y el genio de aquel hombre poco común.

—Me nombro Cristóbal Otero —dijo—. Soy un licnobio y para más señas, egotista. Algo perdulario; aunque mis vicios son íntimos e inofensivos. Prefiero el zaquizami al tinelo donde la cáfila camastrona lambuce la yurga judicial. ¡Estás en los predios del Ministerio de la Injusticia! Temblad, amorrado adalid, el álabe de recia madera por mucho que se incline no rompe.

Nada le dicen aquellas palabras al carpintero, que supone desatinos de loco.

—Los hombres padecen de debilidad visual. Creen en las apariencias. He acostumbrado a mis ojos a ser más observadores, a indagar la esencia. Yo no me equivoco en mis apreciaciones, rara avis. Tú alabas tus brazos y su potencia. Te jactas de tu fortaleza, de desmenuzar maderas. Yo te reto. Mis delgados dedos son más poderosos que tus brazos, sólo necesitan apretar un botón y llevarán a los infiernos el mayor de los poderes. ¿Tu dedo es capaz de extraer melodías a una cuerda? ¡Esa sí es fuerza! Porque no radica en los músculos, si no en el cerebro. ¡Cuánta ventaja le llevamos al resto de los animales y es por lo que tenemos en la cabeza! ¿Crees que un paquidermo pudiera resolver esta querella a favor nuestro?

Confiando en su buena estrella, llevó a Campos a un espacioso salón de lectura que nadie utilizaba. Fue un riesgo demasiado grande que tuvo a bien correr.

—Los ratoncitos se burlan del gato, explicó. Hacen presentes a quienes están ausentes. Para nuestros propósitos sirve alejarnos.

Campos se dejaba arrastrar, sin siquiera pensar si hacía bien o mal. Un encuentro casual con ellos y todo habrá terminado —se limitó a decir, para no volver a hablar más—. Otero disipó las dudas: Seremos las sombras de las sombras. Utilizaremos el camino más corto para llegar a nuestro destino. Confía en tu destrón. Es allí donde se encuentra la abertura por la que nos evadiremos al espacio libre.

En efecto, salieron a los pasillos más umbríos, se movieron como verdaderos fantasmas. Tomaron todas las precauciones necesarias para que las rondas no los sorprendieran, hasta llegar sanos y salvos al salón. Servía éste de almacén a viejas butacas y anticuados escritorios.

—¿Dónde está la rejilla? —preguntó Antonio, ansioso.

El conserje le señaló las rejas de hierro de un ventanal.

—¿Bromeas? ¿A esa reja tú le llamas rejilla? —preguntó, atribulado. Confiar en un loco, eso sí es una locura. Jamás saldremos de aquí.

Se quejó.

—Las apariencias engañan —respondió el bedel, ufano.

Abrió las ventanas, destornilló dos tuercas y empujó la reja hacia afuera. Ésta se desprendió del marco, lo suficiente como para dejar pasar a un hombre.

—Plus ultra. Más allá, dije. Adelante.

Antonio se escurrió entre los barrotes, luego lo hizo Otero que tuvo el cuidado de cerrar las ventanas y colocar el enrejado en su lugar. Esta noche he sufrido por veinte años. Mi falta de previsión me impidió dejar expedita esta entrada y se cumplió aquello de no dejes camino por tomar vereda.

Se ocultaron aprovechando el follaje de unos viejos crotos. Aún no había amanecido y la noche los protegía.

—¿Habrá policías apostados? —preguntó Antonio, extrayendo el revólver.

—Lo sabremos pronto.

Escalaron la tapia y se dejaron caer en la acera. Eran, sencillamente, unas sombras que se confundían con las otras muchas sombras de la noche. Doblados hacia delante, corrían apremiados por la amenaza de muerte. Cruzaron la calle hasta el negro umbral de la puerta principal de la biblioteca nacional. En ella se ampararon. Luego de observar que su fuga no había sido advertida; refugiándose en las penumbras creadas por árboles y edificios, tomaron por la calle transversal y se alejaron de prisa. Cristóbal Otero llevó a su protegido a su apartamento.

—He aquí el nido del águila. Tú confías en la potencia de tus brazos. Esa creencia es engañosa. ¿Es, acaso, un paquidermo más poderoso que el hombre por razón de su fuerza? Los dedos de un violinista pueden más que tus brazos. Él les extrae las más bellas melodías a las cuerdas de su violín.

Tú eres incapaz de tanto alcance. Conócete a ti mismo. Nosce te ipsum.

—Me regañas, como si yo fuera el culpable de tus desdichas —manifestó Antonio.

—Carpintero, celebro tus palabras. Tienes razón, pero te advierto que a un loco no se le hace caso.

—Lo sé —Otero agrandó los ojos antes de decir: Advierto que tus ánimos han mejorado. Eres capaz de entablar una conversación.

Campos se amusgó.

—Mi ánimo nunca cambiará, quiero aclararte. En cuanto a lo otro, no debe ser muy interesante para ti hablar conmigo. Te la das de sabio y yo soy lo menos parecido a un sabio.

Otero se echó en el piso y con los restos de lo que fue una camisa vieja, comenzó a secar con frenético impulso unas gotas de agua que descubrió.

—Eres iletrado, lo reconozco, pero eso no significa que seas lerdo.

—No lo soy. Descansaré. Son mis brazos y mi valor lo que necesito, no cuerdas de violín.

—Nunca comprenderás mis palabras y ni el alcance de las mismas. Eso me entristece, porque te restringes de valorar cosas que no imaginas y que son fabulosas. En fin, nadie es perfecto...

El conserje se detuvo ante su dormitorio e indicándolo con uno de sus brazos, exclamó:

—Hombre rústico, te brindo mi aposento. Prepárate para la guerra.

XI

Torres no encendió la luz de la habitación. Su esposa dormía. Adivinó a través de la penumbra el ropón rosado y el cabello revuelto. Se acostó despacio para no despertarla. La mujer se movió, le echó los brazos y dijo unas incoherencias, que muy bien pudieron ser:

—¿Ya llegaste? ¡Qué bueno que viniste!

Torres se mantuvo inmóvil, a pesar de que uno de los brazos de la durmiente reposaba sobre su garganta. Percibió el olor dulzón del perfume preferido de su mujer y cerró los ojos en un vano intento por conciliar el sueño. Sabía que esto era imposible, hasta tanto la tensión no cediera. Y esto no sucedía de manera instantánea. Debía iniciar todo un ritual. Lo primero era dialogar consigo mismo. Había ido al funeral del infeliz niño. Él también era padre y columbraba el alcance de tamaña desgracia. Bajo su inexpresivo rostro había tejidos que se encogían o dilataban de horror cada vez que sucedía una de estas cosas. Allí estaba, cagándose en la madre del juez (¿cuánta culpa tenía?), en la del padre (por no

69

medir el alcance de sus acciones), en la de la madre (la imprudencia de llevarlo al juicio) y en la de los que tienen que ver con las ordenanzas (que no prohíben la presencia de menores en los tribunales). Todos eran culpables de aquella muerte innecesaria. Acompañó al diminuto hombrecito de la cara seria que yacía inmóvil por un acto de dolorosa solidaridad con la familia. Era un gesto que pasaba inadvertido, porque lo creían incapaz de hacerlo (lo imaginaban un gato al acecho). El cerebro comenzó a andar mal, los pensamientos se repetían o perdían importancia. Era el sosiego que iba invadiéndolo gracias a la complicidad de muchas cosas que lo rodeaban: la quietud de la habitación, la respiración regular de la esposa, el callado tic tac del reloj. Tiene dibujada la cara de Ross, que se ha tomado el regaño para él. Sí, siempre hay cómplices. Siempre hay quienes se solidarizan con el criminal. Mejor es mirar a la calle, buscar el aire fresco de la noche a través de la ventana que seguir observando las manchas que no han sido borradas del todo. Vete a fumar allá lejos, ¿no oyes decir lo dañino que es el humo del cigarro? Aparta el brazo inerte de la esposa y busca el chorro de aire del ventilador, su zumbido lo aletarga. Debe haber un escondite en los techos, en los pisos y en las paredes. Alguien le ha mostrado el escondite. Una pequeña buhardilla, invisible. Algo a nuestro favor: el ratón no sabe salir de la ratonera; algo en contra: la ratonera no funciona y el poder comienza a inquietarse. Nos quieren echar la culpa a nosotros. No me gusta que digan eso. Por eso les ordeno que abran bien los ojos y los oídos. Eres esclavo del deber. No puedes hacer planes, no puedes pensar que te irás a la cama. Un loco puede desbaratar tus planes y la noche, que creías plácida, te la pasas recorriendo pasillos desiertos en un edificio vacío que sólo ocupan tus compañeros y tú. Es lo que se llama cumplimiento del deber. Buscar a un loco agazapado va más allá del cumplimiento del deber, un loco agazapado con un arma, es un desafío a la vida. Miñoso orinaba cuando comenzó el tiroteo. Cuando corrió, su compañero yacía desangrado. No cumplió con su deber; pero lo tomas con calma, alguien debe morir si es que ese es el asunto. Lo que molesta no es que te pases la noche de pie, despierto, con hambre (o con ganas de orinar como Miñoso); es que no sabes a quién buscas, ni dónde buscarlo. Y te irritan los ruidos que se agrandan como truenos en ese palacio de la justicia. Y te sorprende el repiqueteo de las máquinas de escribir, de los chillidos, de las cadenas arrastradas, de las exclamaciones salidas de la nada y que deambulan como duendes por pasillos y locales, de lo ruidoso de aquella soledad. Y calmas a los bisoños, que no se precipiten, que las armas deben estar listas, pero después de, no antes de.

Antonio durmió durante horas. No así Cristóbal. Atardecía cuando fue a despertar al durmiente.

—Levántate —le dijo, sacudiéndolo—. Debes terminar tu obra.

Campos se sentó en la cama. Le dolía el cuerpo. Ante sí, tenía al hombre que creyó haber inventado en una de sus pesadillas. Otero le tendió una taza.

—Es café. Toma. Te reanimará.

Antonio se restregó los ojos. Recordó la tragedia del día anterior y un escalofrío le recorrió el cuerpo. Volvió a sentirse pesado, sin ánimo. Pensó en Ricky, en Nancy, y estuvo a punto de echarse a llorar. Miró el revólver sobre la cómoda. Podía dar término a sus desdichas en contados minutos.

—Cuando la cabeza está caliente se piensan muchas cosas —advirtió Otero.

—Ese hombre... —murmuró, ahogado por el encono y la sed de venganza.

—¡Súrsum corda! ¡Arriba corazones! Toma el café. Debes rasurarte, cambiar de ropas. Te prestaré vestimentas más apropiadas —anunció con su habitual pomposidad.

Antonio bebió la infusión. Otero retiró la taza de sus manos y entonces le informó su nuevo plan: Iremos a la casa del juez Valenzuela. A Antonio Campos le brillaron los ojos.

—Con una única condición: pase lo que pase, no deberás herir a su esposa, ¿lo juras?

—Es Valenzuela el que me las debe.

—Pero mataste a Dorel —aclaró Otero.

—Tuya es la culpa. Me lo señalaste.

—Nunca cae al suelo. Bien, volveré a señalarte a Valenzuela, pero nunca dispares a la que se encuentra con él, ¡júralo!

—¿Cuál es tu preocupación?

—¡Júralo! —el rostro del conserje se desfiguró por la ira.

—Lo juro.

—Entonces preparémonos para el asalto final —exclamó el loco, alegremente.

El apartamento donde vivía era pequeño, apropiado para una sola persona. Aficionado a muy pocas cosas, tal vez a una sola: los libros. Los tenía de todos tipos y por doquier. Un libro, dijo, es como un jardín que se lleva en el bolsillo, así reza un proverbio árabe.

—¿Los has leído todos? —Antonio observó, sorprendido.

—¡Carpintero a tus tablas!

—¡Te la das de sabio!

—Me las doy de ignorante, iletrado. ¿Qué tú sabes?

—Mi oficio.

—Ecce homo. ¿Tú crees en lo que ves o en lo invisible?

—En lo que veo —respondió, paseando la mirada por las estibas de libros. Otero se plantó delante.

—He ahí nuestra diferencia esencial. Yo creo en lo invisible, en lo que ignoro. Y lo creo porque he recorrido lo que veo y entre más lo conozco, más me afirmo en la creencia de lo desconocido, en la esencia ignorada de la razón cósmica.

Uno de sus largos dedos dibujó un signo en el aire.

—Lo que veo es muy endeble para sostenerse por sí mismo.

Antonio quiso cortar la verborrea:

—Me ducharé.

Otero lo siguió. Mientras uno se desnudaba, el otro exponía sus razones:

—La ciencia es una quimera, carpintero. Una fantasía del hombre. El diurético te hace orinar, como el somnífero te adormece, pero no por sí, sino porque debe ser así. Todo eso forma parte de la real fantasía que nos rodea. Todo no es más que una burbuja de jabón que estallará cuando deba estallar. Los sabios tontos creen en la dureza del concreto o en la resistencia del acero; ellos resisten o son fuertes en la medida que deban serlos, pero ni antes ni después.

—¿Crees realmente en lo que me dices?

—Lo creo.

—En eso nos parecemos. Tenemos creencias.

—Es lo fundamental —convino Cristóbal y se encaminó a la cocina.

Se apostaron en las inmediaciones de la residencia del juez Valenzuela. Habían ido en una motocicleta que el excéntrico Cristóbal Otero poseía y que él denominaba "birota ignífero latice incita", es decir, vehículo de dos ruedas accionado por un líquido ignífero. Temiendo un encuentro con la policía, Otero aparcó a una distancia prudencial de la casa. Antonio tomó a pie por la acera como un despreocupado ciudadano. Tembloroso, Otero quedó al acecho, a pesar de que el compinche le dijo que se marchara. Aquí nos separamos, socio. Pero Otero no se movió. Necesitaba presenciar el fin del drama.

Al otro lado de la ciudad, frente a la fachada del tribunal, se apeaba Nancy de un auto de la policía.

—Gracias, señora Campos, por haber venido —le dijo Torres. La mujer se mantuvo silenciosa. Su esposo la necesita. Usted debe tratar de persuadirlo de que desista de su actitud.

Le entregaron un micrófono. Puede hablarle, él la escuchará. La mujer, deshecha en lágrimas, habló:

—Tony, ¿me escuchas? Yo sé que me escuchas. Antonio… por favor, te necesito. Siempre fuiste un hombre tranquilo, amante del orden. Nuestro Ricardito está solo en la capilla, ven, debemos despedirnos…Tony, no sigas adelante, entrégate, ya nada hará revivir al bebé… Tony…

Pero el esposo no podía escucharla. Estaba ocupado en introducirse en la casa del juez. Atravesó el jardín hasta alcanzar el patio. Ya en él, fue directamente hacia la entrada trasera. Se trataba de una puerta vidriera. Estaba cerrada, pero esto no fue obstáculo, porque con la ayuda de su pañuelo y la culata del revólver rompió uno de los cristales por donde introdujo la mano y la abrió. La casa parecía vacía, aunque se mantenían luces encendidas en algunas piezas. Con pasos rápidos recorrió la planta baja. No hallando a nadie, decidió subir al piso superior. De dos en dos, trepó los escalones. En el último, tuvo un encontronazo con Bárbara que, asustada, chilló.

—¡Cállese! —fue la orden tajante—. ¿Dónde está su marido?

Bárbara miró con espanto el arma.

—¡Vamos! ¡Dígame! —exigió, apretándole el cañón contra sus costillas.

Viendo la muerte reflejada en los ojos del vesánico intruso, a Bárbara se le nubló la mente y cayó sin conocimiento al piso. Campos abandonó a la mujer para registrar las habitaciones. Su apariencia era terrible: la rigidez del semblante, la violencia que se manifestaba a través de su mirada, los movimientos precipitados con que recorría las habitaciones. Todos los detalles apuntaban a un criminal obsesionado con el más peligroso de los empeños. A saltos, regresó al sitio donde había dejado a la desvanecida mujer.

—¿Dónde está él? —preguntó, luego de sacudirla por los hombros sin contemplaciones.

—No está en casa. ¿Quién es usted? ¿Qué quiere? —preguntó con un hilillo de voz.

—El mató a mi hijo. Yo lo encontraré —Antonio recalcó sus palabras, apretando las mandíbulas.

—El cumplía con su deber —protestó Bárbara, imponiéndose al miedo.

—Ese hombre me mató. Los dos nos iremos juntos al infierno. Vine a llevármelo.

—¡Usted no puede hacer eso! —gritó, desesperada—. ¡Él tiene hijos, me tiene a mí, tiene una familia!

Bárbara irrumpió en un desgarrador llanto. Campos, inconmovible, la observaba de pie.

—Lo esperaré y lo mataré delante de sus ojos. Mi Nancy vio morir a Ricardito delante de los suyos.

—¡Piedad! ¡Piedad! —imploraba Bárbara— ¡Fue un accidente! ¡Nadie quería la muerte del niño!

—¿Dónde se escondió?

—¡Él no le teme! —Bárbara se encaró, enardecida por la fiereza de su odio—. No vendrá en toda la noche, se ocupa de los funerales del desdichado Dorel, ¿sabe de quien hablo?

—Mis manos están manchadas de sangre. Lo sé. No caeré en manos del verdugo. Yo seré mi propio verdugo. Pero antes tengo que deshacer agravios. Sólo la muerte impedirá que yo no cumpla con mi hijo —clamó.

—¡Usted mató a su hijo! ¡Usted llevó el cañón del arma a su sien! ¡No culpe a otros de su crimen!

—Yo fui el brazo, pero su esposo fue la mente. Ya le dije: vine a buscarlo, los dos nos iremos al infierno. ¡Eso es lo que nos merecemos!

—¡No, no, no...! —gritó, enloquecida, la pobre mujer.

Campos, insensible a todo dolor que no fuera el suyo, partió con el enojo de su frustrada tentativa. Minutos más tarde, a Torres le informaban de la irrupción de Antonio en casa del juez. Sintió como que una rata le había mordido los testículos.

—Cuando pasan estas cosas, deseo entrar en la piel de esos hombres para saber de qué están hechos —comentó, paseándose entre sus subalternos sin siquiera rozarlos. Parecía un gato presto a arrojarse sobre la presa—. Este tipo está empeñado en salirse con la suya.

Tomó el mismo pisapapeles que Lora había manoseado, y le dio vueltas entre sus dedos. Se volvió a Ross y le dijo con el ceño fruncido:

—El tipo no actúa bajo los efectos de una demencia temporal. Ha tenido tiempo de razonar, de despertar de su pesadilla criminal, no ha perdido el control de sus actos. Sabe lo que hizo y sabe qué le falta por hacer. Busca la manera de suicidarse. Es un loco. En el fondo se culpa por la desgracia de su hijo.

—Quiere expiar su culpa con el suicidio —comentó Ross, incomodado por su propia ineficiencia. Quiso escupir y miró a todos lados, pero se contuvo—. Es un idiota y nos hace asemejarnos a él.

—Tratará de agujerear al juez —expuso Torres, mirando las cosas desde otro punto de vista—. No actúa compulsado por sus emociones, lo hace por convicción, por moral, lo empuja su educación, lo que le inculcaron. ¿Puede ser? Se trata de una venganza al más puro estilo corso.

—Diente por diente —completó Ross, reflejando un gesto de amargura. Es un idiota.

Torres se alejó del teniente; su malestar podía distraerlo y necesitaba estar totalmente alerta. A pesar de ello, experimentó un repentino enojo. Ross tenía razón: todos ellos, todos los policías de la maldita ciudad eran unos estúpidos incapaces de terminar con el fastidioso juego del gato y el ratón que ya se prolongaba demasiado. Se paseó intranquilo mientras reflexionaba. ¿Qué puede pensar un tipo como éste?

—¿Cuál será su próximo paso? —preguntó en voz alta.

Siguiendo su costumbre, Ross dio su opinión sin que se la pidieran; emboscarse y esperar por el juez, si antes no lo atrapamos. Pareció calmarse; echándose el sombrero hacia atrás, le guiñó un ojo a su jefe al decir:

—¡Ya salió de la ratonera!

—Hay que buscar al cómplice —ordenó Torres—; hay que dar con él. Alguien lo está sacando y entrando con total impunidad. Valenzuela se la debe y está usando a Antonio Campos.

—Tratemos de que no pueda entrar más —propuso Ross.

—La ciudad es una cueva mucho más segura para un prófugo que este edificio. Me hubiera gustado tenerlo aquí. Todo se reducía a una cuestión temporal. Escondido en la ciudad es mucho más difícil de encontrar que agazapado en este caserón. El idiota se aleja de la ratonera y no me gusta.

—Al menos significa paz en la "mansión de la justicia". "Se restablece el orden", me parece ver en los titulares de los diarios —dijo Ross, dando riendas sueltas a su imaginación—. El asunto puede convertirse, desde el punto de vista periodístico, en materia de segunda mano. Sería mucho más cómodo para el Cuerpo ante la opinión pública.

—Tu pragmatismo me fascina —declaró Torres, sarcástico y molesto—. ¿Y si regresa? Mi plan es éste: el gato que se ausente de la casa, para que el ratón entre en la madriguera. Dime tu opinión.

—Cazar dos pájaros de un solo tiro.

Ross admitió que su jefe no era tan tonto como parecía.

—Él se encargó de llevarlo a la casa del juez.

—¡Enseñan las cartas! Una buena cuenta por saldar. Investiga, rebusca en el pasado del magistrado Valenzuela.

Antonio descansaba en casa de Otero. O al menos, así lo creía, tirado en la cama, oyendo a su infatigable amigo.

—Muchos son los llamados y pocos los elegidos. El día de la ira aún no ha terminado. Recién comienza. Res, non verba. Hechos, no palabras.

Así por el estilo discurría el locuaz bedel mientras que Antonio creía volverse loco de tanto escuchar la monserga de su anfitrión. Oyéndolo, no hacía más que pensar en los sorprendentes vericuetos del destino (si horas antes alguien le hubiera dicho que tendría como compañero en la etapa más crucial de su vida a un tipo como aquél, seguramente no lo hubiera creído), pero allí estaba, frente a él, con su extremada verbosidad. Fatigado de tanta monserga, maldijo su suerte y amenazó con estrangularlo. Sólo así, y a duras penas, contuvo al vocinglero individuo y se hizo oír:

—Escúchame. Me quedaré con los deseos de matar a ese hombre antes de que la policía me encuentre. Todo se perdió. Será difícil volver a esa casa. A estas horas, la policía debe imaginarse cosas muy cercanas a la realidad. Me cortará el paso.

—No te apresures, individuo —fue la respuesta de Cristóbal—. La dificultad estribó en abandonarla. La colmena bullía atenta, alerta, dispuesta a echarse encima de nosotros a la menor señal. Alea jacta est. Digo: la suerte está echada. Entraremos como salimos. Ellos no conocen a la justicia como yo. Esta tiene recovecos, secretos vedados para el resto de la humanidad.

—¿Volver a la trampa? —exclamó Campos, sorprendido.

—Está escrito —respondió Otero, con convicción.

—Sería caer en manos de la policía, especialmente ahora que están advertidos, en cuestión de horas darán con tus sótanos. No hay que ser letrado para darse cuenta. En cambio, la ciudad es grande, abierta, podré moverme con libertad. ¿Sabes cuántos fugitivos alberga una ciudad como ésta? Yo conozco a dos o tres tipos a los que busca la policía desde hace años. Tampoco darán conmigo.

—¿Qué pretendes ganar?

Antonio lo miró con extrañeza, no entendía lo que se le preguntaba. Otero habló:

—Pretendes no comprenderme. No está claro para mí, entonces responde a mi pregunta: ¿Quieres vengarte y además salir con vida o te vengarás sin importar el precio? Callaré para escuchar tu respuesta, sólo digo: Los vencedores no regatean, príncipe.

—Sólo estaré en paz cuando logre cobrarle la muerte de mi hijo a ese hombre —Antonio se molestó—. Te lo he dicho: ya no me interesa vivir. Yo morí con Ricky. Jamás podré mirar a mi mujer a la cara.

De lo profundo de su pecho salieron unos sollozos roncos que lo estremecieron. Cristóbal se sobrecogió al escucharlos.

—Son como voces llegadas de un pozo insondable —comentó Otero con voz gutural.

Campos se sacudió y preguntó al compinche:

—¿Por qué quieres volver al tribunal?

—Porque todos esperan que hagas lo contrario. Se llevarán sus tropas y volverá a reinar la calma en el palacio de la Santa Hermandad. El mundo es de los inteligentes, omniscio.

Antonio miró a su aliado. Después dijo:

—Pareces ser lo que eres, pero actúas como si no lo fueras.

—¿Es un galimatías? Te responderé: tú actúas como lo que no eres —haciendo un gesto de displicencia, agregó—. Aunque eres un hombre corriente, no has pretendido ser lo que eres, lo que eres lo eres por decreto celestial. En cuanto a este servidor, no eres el primero que lo dice. Yo lo sé. Soy un maniático lúcido. Algunos suponen que mi comportamiento se debe a mi afán de sobresalir y de diferenciarme del resto de la tribu. Tienen razón, soy modelo único, prototipo efectivo y eficiente.

—¿No te cansas de hablar? —preguntó Antonio, abrumado.

—Los dioses nos dieron el don de la opinión como nos dieron el don de la vista, del olfato o de la memoria —Otero se limitó a decir—. Tenemos derecho a opinar, a estar de acuerdo, en desacuerdo y a decirlo. Mi opinión me afirma como ser humano y me define ante los demás. Mi derecho es universal. Se manifiesta en todos, en cada hombre, en ti se repite y se prodiga. Manifestarlo en el concierto que el respeto que el propio don nos otorga es válido para todos.

Cristóbal se volvía incoherente. Campos resopló, incómodo.

—¡Estás loco! ¡No sabes lo que dices! —exclamó.

—Mientras a todas las células de mi organismo se les antoje formar esta unión que represento, yo seré tal como soy —respondió, muy ufano—. Tienes los dientes largos y estrechos.

—¡Por Dios! ¡Deja mis dientes! ¡Debes ayudarme a terminar mi misión! Se trata de vida o muerte.

—Nada de lo que se hace bien se hace de prisa. ¿Sabes quién lo dijo?

Antonio se puso de pie, irritado. Se dirigió a la habitación.

—¡Dormiré! ¡Debo descansar! —y cerró la puerta.

—Es vanidoso y poco paciente —afirmó Otero, resignado. Quedó pensativo y luego afirmó: Las aguas volverán a tomar su curso.

Otero, muy ufano y tarareando una melodía que solo él conocía, subió los escalones que lo separaban del tribunal. Apenas se acercó a dos policías y a un guardia de seguridad, saludó como si se tratara de un militar y gritó: Cuando os mande a saltar, ¡saltad! El guardia, que conocía al peculiar individuo que mostraba su credencial, hizo un gesto y manifestó que no le hicieran caso, que se trataba de alguien que no estaba bien de la cabeza.

Campos durmió bien, a pesar de que le dolían todos los huesos. Se despertó y se alegró de que su parlanchín compañero no estuviera. Se puso en pie y se espabiló, sabía que debía librar una batalla, sin saber cuál sería el resultado. La ansiedad lo devoraba, no veía llegar el momento de estar frente al hombre que asesinó a su hijo. Caminó de un lado a otro, hasta que escuchó el primer grito. Desgarrador. Se asomó por la ventana y pudo ver a una mujer con medio cuerpo fuera. Se volvió a mirar hacia el sitio donde ella mantenía los ojos clavados. Al borde de la inclinada cornisa había un bebé. De un modo inexplicable, el bebé había salido por la ventana y rodado hacia el abismo. Dos débiles tubos impedían que se precipitara al vacío.

Campos reculó para no ser visto, pero sin perder detalles de los acontecimientos. A sus oídos llegaban los incesantes chillidos de la madre que intentaba salir a la cornisa. Campos volvió a asomarse, allí estaba el bebé. El sol calentaba y el niño lloraba.

Por un momento muy corto se reconfortó con saber que los bomberos llegarían de un momento a otro. Un policía remplazó a la madre para quedar absorto mirando al bebé, pero sin atreverse a salir a rescatarlo. Un vecino no se cansaba de advertir que la cornisa era resbalosa y caminar por ella era un suicidio. Debajo un grupo de personas tomaron sábanas para tenderlas con el propósito de que el niño cayera en ellas.

Torres se detuvo ante la inquieta aglomeración. Pronto descubrió la causa de la angustia que sobrecogía a la multitud y corrió hacia el edificio. Campos se asomó una vez más a mirar al niño, en cualquier momento podría caer al vacío, sólo estaba enganchado por el pañal a un saliente. El bebé movió una piernita y el saliente se movió amenazador. Un grito sordo se alzó proveniente de todas partes. Campos se pasó las manos por la cabeza, ni asomo de bomberos. Un niño por otro niño, se dijo. Sin pensarlo más, salió afuera. Como un felino cayó en el tejado y con pasos ágiles se deslizó cuesta abajo. Los espectadores enmudecieron al ver salir a aquel hombre que con una agilidad pasmosa llegó hasta el bebé, lo tomó por un brazo y escaló hacia donde estaba la desesperada madre.

Torres y Campos se miraron por un segundo, el capitán arrastró a la madre y al bebé para así alejarlos del peligro. De los edificios vecinos y de la calle se escuchó un clamor de júbilo. Campos saltó a su ventana, se echó la camisa y el abrigo por encima y salió del apartamento a toda carrera. Caminó sin rumbo fijo hasta detenerse en unas viejas construcciones; casi a escondidas, esperó a la tan esperada oscuridad. Regresó a medianoche. Todo estaba en calma. Abrió la puerta del apartamento y entró sin hacer el menor ruido posible. En las sombras Otero acechaba.

—La suerte no es de quien la busca, sino de quien la encuentra —dijo. Has tenido suerte, tu gran perseguidor no te reconoció. Todos celebraron tu gran proeza, querían felicitarte, saludarte, pero yo les dije que tal vez eras un ladrón que salvó al niño y que se metió en mi casa. Debo regresar a las labores propias de los individuos como yo. Ahí tienes lo suficiente para que hartes tu estómago. ¡Arrivederci Roma!

Sólo un pequeño grupo de agentes permanecía en el tribunal, como una simple medida de prevención. Para la mayoría lo sucedido era historia vieja. Suponían que el prófugo pondría tierra de por medio. El bedel regresó a su casa antes de la salida del sol. Campos ya estaba levantado. Frente a él, una ventana abierta, por donde se veían los tejados de la ciudad. Su mirada andaba por esos rumbos y su pensamiento por otros bien distintos. Pero Otero no respetó su recogimiento. Sin preámbulos, dio riendas sueltas a su irrefrenable locuacidad.

—Ésta es la hora más maravillosa del día. La hora del crepúsculo. ¿Qué sabes de ella? —al no obtener respuesta, agregó—. ¿Cuántos amaneceres te has perdido, rústico hombre? Apenas conoces el crepúsculo y apenas has indagado sobre él. Se divide en crepúsculo astronómico y crepúsculo civil. Las cosas perfectas las hizo Dios; las imperfectas las hace el hombre. Comprendiendo que su perorata no era bien recibida, sacudió la cabeza mientras giraba los ojos alrededor de sus órbitas. Seré razonable. Me callaré, sé que te son odiosos mis conocimientos y erudición. Te hiere mi facundia. Te enfadan mis palabras.

—Pretendes saberlo todo, sin embargo, no sabes lo que es el amor.

Cristóbal pareció sacudido por una descarga eléctrica. Una serie de tics nerviosos aparecieron en su rostro. Su boca se movía como impulsada por mil demonios sin que de ella saliera un sonido. De repente, se escuchó un rugido y una frase:

—¡Exceptis excipiendis!

Después saltó un torrente de frases y palabras de las que apenas Antonio entendió algunas:

—Gallardo cómplice, a quien temo de tanto admirar, no has entendido nada. De eso se trata: de amor. Vánitas vanitátum, vanidad de vanidades: Te saludo porque eres hombre rico. Tienes una mujer que te quiere y un hijo que te quiere. ¡Yo también! ¡Yo también soy un hombre rico porque me tengo a mí que amo y siempre he amado!

Estas palabras fueron dichas con tal afligimiento que Antonio sin apenas entenderlas las comprendió y se apenó de haber querido humillarlo. El limpión, al que aún lo ahogaba el más triste de los desconsuelos, siguió diciendo:

—El ideal hermana más a los hombres que la sangre. Te advierto que hago mía tu tragedia, soy tu incondicional colaborador si sólo de este modo el bien vence a la injusticia. Te celebro, león. Perdona a tu hermano de ligeras lenguas, me compadeceré de tu sufrimiento. No volveré a hablar.

Cristóbal soltó unos cartuchos con alimentos y otros artículos sobre la cama y preguntó, olvidando su promesa:

—¿Cómo durmió el león?

—¿Habrá juicios hoy?

—Tu testarudez y tu deseo de venganza te convierten en un temible chiflado, ¿Lo sabías? ¿Ves cuánto nos parecemos? Estás amargado, sólo tienes un pensamiento y ya no sientes interés por nada.

—¿Sabes que me han dejado? Mi vida, y ya no la quiero. No podría vivirla como la soñé. Yo nunca seré "carne de presidio".

—Me emocionan tus palabras, carpintero.

Otero temblaba de sólo pensar en la mutilación de los cuerpos, en las heridas sangrantes Estaba impresionado por la manera tan sencilla con que su socio se enfrentaba a la muerte.

—¡Valiente y abnegado soldado: tus palabras resonarán por los siglos, a pesar de que no es un general, ¡ni un presidente quien las pronuncia! Tú eres más que ellos: eres un padre que defiende el honor, la memoria, el respeto de su pequeño vástago.

Otero se paseó por la estancia, incontenible. Se inclinaba ante Campos.

—Te rindo honores, soldado. Renuncias a la vida y lo haces en el momento adecuado. Prolongarla sería desastroso para la causa. ¡Viva la muerte! ¡La amo a pesar del miedo que me produce! La muerte completa el plan divino y lo hace perfecto. Sin la muerte sería el caos. Dura es la muerte y bien lo sabe quién ha visto morir a sus seres queridos. Pero, aun así, a Dios gracias, ahí está ella, la encargada de hacer desaparecer todo el vanidoso tropel de carcomas. Da buena cuenta de excelsos reformadores, inmortales tiranos, irreductibles pensadores, ¡que el tiempo se encargue de sepultarlos!

Aún no había amanecido cuando saltó la verja del jardín. Antonio repetía la desesperada acción de regresar al tribunal, en un acto de gran riesgo por las pocas probabilidades con que contaba de no ser descubierto. Utilizando el procedimiento conocido entró en la biblioteca. Siguiendo las instrucciones de su perspicaz cómplice, llevó la reja a su lugar y cerró la ventana, de tal manera que nunca nadie se imaginaría que era aquel punto la fisura por la cual se entraba o se salía con relativa facilidad.

—¡Bienaventurado loco! ¡Te apresuras a llevarme a la muerte! —se dijo, mientras hacía lo que aquél le había explicado.

Con mucha cautela se dirigió a la salida; ésta daba al patio. Sin prisas que pudieran poner en peligro su cometido, se apostó a velar. No viendo a ningún centinela, lo cruzó. Luego, tomó el pasillo que lo conducía al área administrativa. El recorrido lo hizo con relativa rapidez. Subió por la escalera de servicio a la planta alta. En el rellano, tuvo que hacer un alto, pues apenas unos metros más adelante, dos policías charlaban despreocupadamente. Pegado a la pared, con gran sigilo, cruzó, sin ser visto, el tramo que lo separaba de los baños. Por aquel sitio se introdujo en las entrañas de la justicia, según la manera de Cristóbal Otero de ver las cosas. Se echó en el lugar convenido: detrás del espejo del cuarto de baño para señoras. Tirado sobre una colcha permaneció sin apenas moverse, atormentado por su dolor. Otero se le unió después de terminada su faena.

—Valenzuela preside —informó.

—Vamos —Campos pareció revivir.

—Aún no —aconsejó Cristóbal—. Hay dos esbirros en la oficina. Te esperan. De asomar la cabeza te la cortarían en el momento. Deberás esperar. No ha llegado la ocasión.

Callaron. Perdieron la noción del tiempo. Antonio fue el primero en dar signos de vida.

—Es extraño. No hablas —dijo.

—Si dudas, calla.

—Deberías irte, Cristóbal Otero. Este es un asunto estrictamente personal. No quiero que por mi culpa te hagan daño.

—Con el ruido de las armas no oí la voz de las leyes.

—Si descubren tu relación conmigo la pasarás muy mal.

—Si la libertad se conserva por medio de la justicia, también puede perderse por medio de los jueces, lo dijo Bismarck.

Campos miró con compasión al lúcido insensato. Le habló con afectuosidad, desbordado de agradecimiento por todo lo que había hecho por él:

—En otras circunstancias me hubiera gustado ser tu amigo, te habría enseñado mi taller y las muchísimas cosas que hago en él.

Otero no podía quedarse callado:

—La amistad es un alma que habita en dos cuerpos; un corazón que habita en dos almas. Lo dijo Aristóteles.

Satisfecho con su salida, palmoteó al compañero y rio de una manera que nadie lo haría igual, según advirtió Campos. Pero Cristóbal aún no había terminado de hablar.

—Cuando vayas a mi casa nuevamente. Te mostraré una de mis grandes fortunas. No creas que mi interés se limita a la jurisprudencia y a las novelas de toda índole, dijo con petulancia, mi pasión por la colección se inclina a reunir una deliciosa línea de aguardientes. No, yo no bebo, aclaró, mi lengua nunca se ha mojado con ninguno de estos líquidos alcohólicos; sin embargo, me envanezco de poseer más de quinientas botellas de aguardiente de todas partes del mundo. Rio, gozoso. Nunca se han abierto, pero haré una excepción, el héroe puede beber de las que quiera.

Miró con suspicacia al callado carpintero que lo contemplaba con curiosidad.

—Tus ojos no me engañan, en el fondo de ellos se refleja la más brutal de las burlas —lanzó un carcajeo forzado—. ¿Para qué éste tarado colecciona de los mejores aguardientes si nunca los va a paladear?, te preguntas.

Se puso repentinamente serio.

—¡Porque me gusta coleccionarlas! ¿Importa la bebida o importa el ámbito? ¡Importa el ámbito! —gritó con desafuero—. Si destilas el vino de uva obtendrás un aguardiente muy gustado, pero no sólo del vino de uva se extrae aguardiente, también de muchos otros productos. ¡A eso es a lo que me dedico, a conocer las interioridades de cada una de estas producciones!

Calló por unos segundos para fijar sus ojos de águila en la cara de su interlocutor que impasible lo escuchaba.

—En mi colección tengo Kakia, Troster, Raki, Ginebra, Ron, Tafia, Kisch, Whisky, Marrasquino, Mexcal, Cachaza, Kao-lianz, Saki y tantos otros, que de mencionar nombres quedarías atolondrado sin haber bebido. Te puedo explicar cómo se logra, por ejemplo, el wetschkenwasser. Puedes probar un aguardiente venido de la Transilvania, hecho de la cebada y de frutos, llamado holerca. Los reyes, que no son otros que los hombres con corazón de león, beben las mejores bebidas. Yo las he guardado para ti, vencedor. Es como si te hubiera esperado durante milenios, como si hubiera adivinado la proeza que realizarías por todos. Tú mereces beber mis magníficos anisados.

—Me caes bien a pesar de que creo que eres un tipo egoísta y vanidoso —dijo Campos, con su habitual sinceridad—. Lo poco que sé lo adquirí en periódicos, revistas, algún que otro libro. A mí también me gusta saber, aunque comparado contigo, nada sé. Tú no eres el único. Dándotela de sabio piensas que eres superior al resto de la gente. Nos desprecias. Así veo las cosas. Con ello no quiero decir que no seas bueno, aunque te esté sin cuidado serlo.

—¿Hablas de defectos? ¿Yo? —el aludido se mostró sorprendido—. No veas en mí lo que hay en ti. El mundo no descansa, mientras aguardas, otros hombres hacen girar la noria de la civilización. Cuando tú aserrabas la madera te preguntabas a quién beneficiaría; no pensaste que otros hombres realizaban trabajos que favorecerían a muchos. Debiste haber aprendido a hacerte preguntas. Es la única manera de haber sido mejor.

Antonio hizo una mueca.

—Te has pasado mucho tiempo tomando prestado de los demás.

El leguleyo personaje repostó, de prisa:

—A los demás debemos lo que somos. Somos animales sociales por naturaleza. No sobreviviríamos sin lo que los demás han hecho por nosotros.

—¿Quién dijo eso?

—Yo. Otros lo han dicho, pero ahora lo digo yo. Como tú, ¿qué sabrías de maderas si tu padre no te hubiera enseñado todo lo que el suyo le enseñó que, a su vez, aprendió de otro que aprendió de otro que aprendió de otro que aprendió de otro, saecula saeculorum?

—Te contradices, sabio. Hablas de animal sociable cuando detestas serlo. Recuerdo que en una ocasión te manifestaste contrario al conocimiento del hombre.

—Aun así, reconozco que le debo a otros lo que soy. Sería una estupidez no aceptarlo. Yo soy un estrafalario, pero nunca un necio.

Antonio lamentó haber hablado; en lo adelante, el conserje no descansó en sus argumentaciones.

—Yo he observado tu cráneo. No es complicado saber de ti. Tu cerebelo es abultado en sus dos lados, derecho e izquierdo, aquí —señaló— en la línea curva occipital. Ahí radica el instinto generador. Y he ahí la protuberancia occipital donde se halla la parte que regula el amor a nuestros hijos. No tienes que decírmelo, eres buen padre. Y este relieve que en tu cráneo rodea la eminencia occipital demuestra el gusto por tu casa y el hábito de concentrar el espíritu en un objeto. Te advertí, mortal, que mis ojos son capaces de encontrar lo que otros nada hallarían. En cuanto a mí muy poca cosa, soy un enajenado apacible, que comprende los melancólicos, maniacos tranquilos, alucinados, inspirados. Las condiciones para ser recibido en la división de los enajenados tranquilos son: no ser sucio; no hacer ruido; no experimentar ansiedades; poder conducirse casi como una persona sana de espíritu; tener una aptitud mayor o menor para el trabajo. Aunque, a veces, cruzo al bando de los enajenados agitados: los que pasean sin cesar, vocean y gesticulan; los irascibles, movibles; incoherentes; agitados, ansiosos. Pero te juro que volveré a mi tranquilidad cuando hayamos acabado lo que se ha comenzado.

Irritado, Campos puso término a la peroración.

—¡Por tu culpa lo echaré a perder todo! ¡Me irritas, me exasperas! Me conviertes en tu compañero de locura.

—¡Todos somos locos! —exclamó Cristóbal, abriendo los brazos.

—¡Cállate, lustrador de pisos!

Sin darse por aludido, Otero se limitó a decir:

—A fortiori, con mayor razón; te demostraré la validez de mi conducta. Hay cierta entonación musical en la palabra hablada. ¿Sabes quién es Cicerón, iletrado? Él lo dijo.

XII

El astuto de Torres esperaba. Desde su oficina seguía cada una de las muchas trampas tendidas al ratoncito. Acechaba desde lejos, con la convicción de que de un momento a otro tendría noticias del escurridizo carpintero. El miércoles, a las nueve y cinco ante meridiano hacía su entrada el juez Guillermo Valenzuela en la sala número cinco. Ocupaba su sillón y desde el estrado miró a la concurrencia. Se volvió al secretario y con un movimiento de cabeza ordenó llamar a los primeros litigantes. A las nueve y treinta ante meridiano del propio día, Cristóbal Otero entraba al pasadizo secreto a buscar al suicida. En el primer momento no lo vio. Antonio, agazapado, le apuntaba con el arma de fuego.

—Debe ser ahora, —dijo.

—Será ahora, —dijo simplemente el esperador—. Ignoro si aún permanece la escolta en la oficina de la sierpe, y es muy riesgoso comprobarlo. Saldré por el baño de las mujeres. Terminemos con esto.

El conserje se alisó los cabellos con ambas manos, en un gesto involuntario. Le latían las sienes y las muñecas. La idea de que cuerpos sanos se desgarrarían violentamente en batalla campal producía inquietud en su inestable espíritu. Antonio, por el contrario, permanecía animoso. El bedel, desechando sus temores, gritó entusiasmó:

—Batan las alas los buitres de la cobardía. Adelante, salgamos de este umbrío y húmedo espacio. Sol lucet ómnibus. El sol brilla para todos.

Campos saltó al hueco.

—Vas a perder la vida, ¿lo sabes?

—Lo sé.

—¿No te preocupa?

—¿No entiendes?

Esta intrepidez era lo que fascinaba a Otero. Algo de lo que él carecía por completo.

—No lo entenderás. Esto es más que lo que está escrito en tus libros. Vamos.

Otero lo contuvo con un gesto de su mano.

—La fuerza bruta fue reemplazada hace mucho tiempo por la inteligencia. En los tiempos de Nerón, sus capitanes de la guardia eran verdaderos adoquines, brutos tan fuertes como un toro. Se sentían orgullosos de serlo. Cuánta vanidad en su bruteza. La inteligencia de delgados brazos yacía aplastada por la brutalidad de robustos miembros. De eso hace mucho tiempo. El capitán destinado para encontrarte es de ojos brillantes y ágiles, signos de inteligencia despierta; con él hay que andarse con cuidado. Un hombre de esas características puede ser clarividente —respiró con dificultad. El cuerpo le temblaba completamente—. Que te quiero decir con toda esta monserga: usa la prudencia como una manera de lograr tu fin.

—No buscaré la muerte hasta que no haya vengado a Ricky.

Antonio, con extraordinaria sangre fría, salió al pasillo donde se encontraban las oficinas administrativas. Vestía uno de esos monos que utilizan los del personal de mantenimiento. Al pasar ante una de aquellas oficinas, casi tropieza con tres empleados. A punto estuvo de extraer el arma, pero los hombres no repararon en él al tomarlo por uno de los muchos que trabajaban allí ejerciendo los más variados oficios. Campos caminó detrás de ellos guardando una discreta distancia. Pronto, los tres hombres desaparecieron en una de las tantas dependencias. Campos estaba a solas nuevamente. Siguió avanzando por el pasillo en busca del gran salón que lo llevaría a la galería donde se encontraba la sala en que oficiaba el juez Valenzuela. Una mujer apareció en el otro extremo del corredor. Campos agachó la cabeza en un intento por impedir que la mujer viera su cara. A la desconocida, que era la jefe de personal, le extrañó la presencia de aquel individuo que se cruzaba con ella.

—¿Usted quién es? —inquirió, sin percatarse de su imprudencia.

Antonio, sin pérdida de tiempo, se abalanzó sobre ella. Con una mano le tapó la boca, mientras le apuntaba con el revólver a la sien:

—Cállese, si no quiere morir.

La arrastró hasta la primera puerta que encontró. El local estaba vacío. La hizo entrar y la sentó en una silla.

—Coopere o me veré obligado a matarla.

La golpeó en la cabeza. La mujer cayó al piso, pero sin perder el conocimiento. Antonio salió de prisa. En el pasillo, oyó los chillidos de la víctima. Sabiendo abortado el intento, regresó al baño. Uno de los retretes estaba ocupado. Decidido a no dejarse llevar por la desesperación, ocupó el contiguo. Pocos minutos después el individuo abandonó el cuarto de baños. Se precipitó hacia el escondite, por el cual desapareció. Sólo en ese momento soltó una bocanada de aire. Le molestaba fallar. Otero apareció.

—Rara avis, ¿Qué tempestades, qué rayos y truenos han llegado a mis oídos?

Antonio, visiblemente molesto, contó:

—Una mujer se interpuso en mi camino. Hay que buscar otra vía más segura para llegar al juez. Dicho esto, no volvió a hablar más.

Torres regresó de inmediato al tribunal. Lo hizo con optimismo.

—Ha dado un paso en falso. Hasta ahora había actuado con relativa impunidad. Está desesperado. Quiere terminar cuanto antes. Está nervioso, sus movimientos no son tan libres como quisiera. Conozco su psicología, sé cómo actúa —le aseguró a Lora—. Es necesario que el tribunal funcione normalmente. Irá hacia el cebo. Está empeñado en alcanzar sus propósitos.

—Me pide demasiado, capitán. Acceder a su petición no está en mis manos. Eso le compete exclusivamente al juez Valenzuela. No creo que esté en condiciones de prestarse como carnada. Es su vida la que está en juego.

—Es riesgoso, lo sé, pero debemos arriesgarnos, si queremos que esto termine lo antes posible. Todo se reduce a un ratoncito, un queso y una ratonera. El ratoncito desea el queso y el queso está en la ratonera.

—Se dice muy fácilmente, capitán. Lo hablaremos con Valenzuela. ¿Y lo del cómplice?

Torres no recordó haber dicho nada al respecto.

—Tiene buenos oídos, señor —se limitó a decir.

—Debo tenerlos, capitán. Además, es una cuestión sencilla: aparece y desaparece a voluntad. Evidentemente, un lazarillo lo guía con eficacia.

—¿Es de dominio público? Es decir, ¿alguien más se imagina que andamos detrás de un cómplice?

—Si los demás se detienen a analizar los hechos, no tendrán ninguna dificultad en llegar a la misma conclusión. Usted me indujo a pensar en ese detalle: recuerde que en una conversación sostenida en este mismo despacho con el juez Valenzuela usted se refirió a posibles enemigos encubiertos, a personas que quisieran su mal y aprovechaban la ocasión para vengarse. Créame que me resultó difícil aceptar su idea. Se trata de una cuenta pendiente muy grave, extraordinariamente grave, diría yo. No creo que el juez Valenzuela se haya ganado una enemistad de ese monto con alguien de adentro. De todas maneras, he reflexionado y he escrito algunos nombres en este papel. Considérelos.

—Gracias, señor. Tal vez podamos sacar algo en limpio. Investigamos, pero hemos adelantado muy poco.

El presidente del tribunal parecía preocupado.

—Se extiende demasiado este problema. La prensa hace de las suyas. Levantan polvo a raíz de los incidentes ocurridos aquí. Especulan, despiertan sentimientos. Ponen en tela de juicio nuestras actuaciones. La prensa está dando una imagen muy fea de Valenzuela. El sistema judicial del país está conmovido con estos sucesos. El ejecutivo, las dos cámaras, todos nos aprietan.

—Trataremos de apurar las cosas.

Torres ordenó a sus subalternos que reunieran al personal de limpieza y mantenimiento. Los llevaron a la oficina del supervisor de la administración. Era un grupo formado por una veintena de empleados.

—¿Están todos?

—La mitad del personal —informó Ross—. El resto se encuentra en sus casas. Están divididos en dos turnos de trabajo.

Fue al grano de inmediato.

—Resulta paradójico —comenzó diciendo—. El tribunal oculta al enemigo público número uno, a Antonio Campos. Observó las caras de cada uno de los presentes. Había mujeres y hombres. Unos, muy jóvenes; otros, en cambio, peinaban canas. Es de dominio público la última de las fechorías cometidas por ese peligroso delincuente: la jefa de personal fue atacada, a plena luz del día, casi ante las propias narices de sus compañeros. El individuo la golpeó con la culata del arma, produciéndole una herida. Su descripción coincide con la del criminal. No tenemos dudas, se trata del mismo hombre que atacó al juez Dorel y a cuatro agentes de seguridad del tribunal. Hizo una pausa. Volvió a pasear la vista por los empleados. Ese hombre se burla de nosotros. Hemos registrado palmo a palmo este palacio. Infructuosamente. No hallamos nada. Ni un maldito gato. A pesar de ello, estamos convencidos de que él ha encontrado un escondite y queremos hallarlo. Para ello, necesitamos su colaboración. Ustedes conocen este edificio mejor que nadie. ¿Han oído hablar de pasadizos secretos, sótanos? La concurrencia nada sabía. Torres se sintió impotente.

—Permiso...

El que pedía la palabra era el empleado de mayor edad. Torres le hizo señas de que hablara.

—Esta es una construcción muy sólida, señor. Los únicos lugares donde podría esconderse un fugitivo son en los falsos techos o en algún closet.

—¿Lo cree posible?

—No lo creo, señor, lo aseguro. Nadie corre y salta y se agazapa en un falso techo. Además, los falsos techos están en determinados lugares, como, por ejemplo, las oficinas de los magistrados, en la secretaría y en el salón plenario.

—Y en cuanto a los clósets, ¿qué pudiera decirme?

—De esconderse en alguno de ellos, a estas alturas lo habrían descubierto.

—¿Lleva muchos años trabajando aquí?

—Quince años, señor. He oído decir que este edificio fue construido sobre uno anterior. ¿Y qué sucedió con el anterior?

—Un incendio lo destruyó.

Una empleada intervino:

—Hable con Sócrates, tal vez él sepa algo. Es el empleado más antiguo —el capitán miró, interrogante—. Le dicen así. Es un poco excéntrico.

Se llevó un dedo a la sien. El capitán entendió el gesto.

XIII

Antonio llevaba muchas horas sin orinar. No lo había hecho porque recordaba una advertencia de Otero en una ocasión: La orina y las heces fecales tienen un olor penetrante, capaz de traspasar nuestras fronteras, ser percibidas por narices indeseables y delatar nuestra presencia. Y Campos coincidía con él. Por la madrugada el conserje pudo escabullirse de la vigilancia policial. Y encontró a Antonio víctima de un endiablado dolor de vientre.

—Tengo que ir al retrete o explotaré.

—Nos acorralan. Limitaron mi área. No me permitieron llegar a ninguna de las salas judiciales, ni tampoco al baño de las mujeres.

—Ganan tiempo y nosotros lo perdemos —se quejó Campos.

Otero se horrorizó.

—No presiones. No me desalientes, no seas agorero. No sé actuar bajo presión.

—Bien, como quieras, pero debo ir al baño, ¿Lo hago aquí?

—Ven, no somos irracionales, aunque lo parezcamos.

Guiado por Otero, Antonio pudo liberar los esfínteres. Entretanto, Otero aguardaba y sacaba sus conclusiones al respecto: Hay bastante de osado y loco en venir hasta aquí a mancillar esa taza destinada a bellezas femeninas con tu orine apestoso.

—Necesito papel.

—¡Humanos, entre más los conozco más quiero a mi perro! —se lamentó Cristóbal, ante el requerimiento. Ya había amanecido y en poco tiempo se abrirían las puertas para dar comienzo a un nuevo día de sesiones.

El capitán Torres buscó a Cristóbal. Lo encontró en los baños destinados al público. Echado sobre el mueble sanitario, frotaba su superficie con obstinada meticulosidad.

—¿Sócrates?

El aludido levantó la vista y se fijó en el recién llegado.

—Ecce homo. Me llaman así: Sócrates, es mi apodo.

Torres se agachó junto a él.

—Me dijeron que eres el empleado más antiguo de esta institución, ¿es cierto?

Con ínfulas de grandeza, Otero contestó:

—De los conserjes lo soy, y el más útil también.

Torres pasó por alto la petulancia y dijo:

—Hago indagaciones. Dicen que un siniestro destruyó el edificio antiguo y luego construyeron éste.

Otero se mantuvo silencioso, se limitó a observar al policía. Éste prosiguió diciendo:

—Algunos piensan que existen sótanos o paredes levantadas a poca distancia que pudieran ser utilizados como galerías por un criminal. ¿Tienes alguna idea de lo que digo?

—No —fue la rotunda respuesta.

Torres contempló los múltiples tics nerviosos del peculiar individuo.

—¿Nunca has oído hablar de algo que pudiera servir como habitación o, tal vez, algo mucho más pequeño a manera de closet?

—Sólo sé que no sé nada —expresó Otero.

Dando la espalda al capitán, volvió a su interrumpida labor. Se detuvo nuevamente y se volvió al policía para decirle en su acostumbrado tono:

—En un principio no había límites. El hombre podía alcanzarlo todo; la más alta montaña, el pozo más profundo. Fue el hombre el que se mostró tal como es, sacó sus malos instintos, cometió abusos, traspasó fronteras, fornicó, ultrajó, calumnió, sacrificó, traicionó. Entonces, Dios le puso límites: la reja le corta el paso, el viento lo enfría, la vejez lo disminuye. Su límite está en no saber dónde radica la inocencia y dónde la culpabilidad; en equivocarse y tomar al inocente por culpable y al culpable por inocente.

—Yo sólo persigo al criminal —respondió Torres, dándose por aludido.

—No se ofenda, hombre de galones, en este palacio cohabita la maldad vestida de blanco; ellos también yerran.

Torres lo observó, no sacaría nada en claro de aquel extraño sujeto. Si Torres tenía alguna virtud, ésta era su capacidad de adaptarse a las circunstancias que imponía el desarrollo de las propias investigaciones. Se dio a la tarea de localizar los planos del edificio. Estos habían sido confeccionados en 1946. El estudio de los mismos no satisfizo su curiosidad. En los archivos le hablaron de Riverón, un hombre que tuvo que ver con la última edificación.

—Es posible que aún viva —le informaron.

En efecto, vivía al otro lado de la ciudad, en uno de esos condominios construidos lejos de la barahúnda del centro, en una casa de medianas dimensiones; rodeado de césped, con porche y garaje. Torres había visto muchas casas como aquella. Le llamó la atención el jardín. Podía jurar que había toda clase de plantas florales. Un hombre, al ponerse de pie, se dejó ver entre los arbustos.

—¿Riverón?

—Sí, señor, soy yo.

Era un anciano de baja estatura, de aspecto saludable y amistoso.

—¿Quién me procura? —se interesó por saber.

—El capitán Torres —respondió el recién llegado, mostrando su credencial.

El jardinero se fijó en la placa, después se quitó el sombrero de alas anchas.

—No resisto el sol —comentó sonriendo—. ¿En qué puedo servirle, capitán?

Torres observó el pelo corto y completamente blanco del anciano, le recordaba a su abuelo.

—Semeja algodón, comentó.

Riverón sonrió y se pasó una mano por la cabeza.

—Desde joven comenzaron a aparecer. Ya tengo 85 años.

—¿Cuánto tiempo estuvo junto a la cal?

—Más de cuarenta años.

—Demasiado tiempo.

—No me lo parece. Se fueron rápidos.

—Vengo por lo del tribunal. Dicen que usted tuvo que ver con su reconstrucción.

—La última vez.

Torres decidió ir al grano de inmediato:

—Soy de la opinión de que en el edificio existen lugares secretos que permitan esconderse a un fugitivo.

—¿Un hombre escondido en el tribunal? No puedo afirmarlo, señor capitán. Recuerde que en 1938 ese edificio fue devastado por un incendio y tuvo que ser reconstruido totalmente. Años después, en 1944, volvió a ser devastado por las llamas.

—Usted dirigió esas obras.

—No precisamente. Fui maestro de obra de todo lo que se refirió al techo, la cúpula, ¿comprende? Fue un buen trabajo el que hicimos. Debimos reconstruir toda la fachada.

—¿Y el resto del inmueble?

—El segundo incendio no afectó el interior del tribunal. Por otra parte, no recuerdo haber oído hablar de habitaciones o pasillos secretos. Esa edificación no es un castillo medieval.

—¿En qué año fue construido?

—No pudiera darle una fecha exacta, pero si puedo afirmar que ese edificio, el primero, fue levantado a principios de siglo para sede de la gobernación. Los planos originales nunca los encontramos.

—Un edificio con mala suerte. Dos incendios. ¿Nunca se determinaron las causas?

—Se habló de gases. Emanaciones de gas metano que se fueron acumulando durante décadas.

—El segundo incendio ocurrió en la parte delantera, ¿no es eso? ¿También se debió al gas?

—Eso es lo que se decía. Iniciamos las reparaciones en 1946.

—¿Brotó del fondo? ¿O vendría de la colina que se encuentra en la parte trasera?

Riverón meditó.

—No puedo responder esa pregunta. La fachada era de madera, es decir, el porche, el vestíbulo, el techo. Lo otro era de mampostería y fue construido en el 38, ¿entiende? Las dos veces se levantó lo que el incendio había devastado.

—Y en cuanto a pasillos secretos, ¿qué cree?

—Desconozco lo que hicieron los constructores anteriores a nosotros, tal vez pudieron emparedar determinados derrumbes.

Torres respiró satisfecho.

—Creo que fue así, señor. Muchas gracias por su cooperación.

XIV

Otero llevó a Antonio al lado oeste del edificio. Lo que él llamaba la Acrópolis. Bajaron por las ruinas de una antigua pared al nivel inferior. Fue una bajada accidentada. Casi a tientas, pues reinaba la más impenetrable oscuridad; descendieron, apoyando los pies en un suelo abrupto y resquebrajado, del que continuamente se desprendían pedazos. Debieron tomar grandes precauciones, so pena de resbalar y caer a lo profundo del foso. Entretanto, el excéntrico cicerone, explicaba:

—No se tomaron mucho trabajo. Simplemente levantaron una nueva pared y emparedaron las ruinas del antiguo edificio.

—¿Para qué vinimos aquí? —preguntó Campos, intrigado.

—Vista hace fe. ¿No sientes un olor peculiar?

—Metano.

—Detente —ordenó, mientras se alejaba en la oscuridad. Campos sólo veía la luz de la linterna que se movía errática. Por último, ésta quedó fija—. Ven, acércate. Ahora lo entenderás todo.

Antonio se encaminó al lugar.

—Observa —dijo el conserje señalando a la tierra.

Campos hizo un gesto de sorpresa.

—¡Es un esqueleto humano!

—Se llamaba María Otero. Yace ahí desde hace más de treinta años, tres décadas, seis lustros. In aeternum. Por toda la eternidad —manifestó, agachándose.

—¿Era tu esposa? ¿Lo hiciste tú?

—Ex níhilo níhil. De la nada, nada. Era mi hermana, la esposa de Valenzuela.

—¿La mató él?

—María Otero era la esposa de Valenzuela. Era mi hermana —mientras esto decía, Otero dio muestras de gran excitación nerviosa—. La memoria me falla, no recuerdo bien...

Cerraba los ojos compulsivamente, a la vez que una mejilla saltaba incontenible. La frente se contraía, el cuello se encogía o se alargaba como atacado por espasmos. Antonio conocía estos síntomas. Ocurrían siempre que Otero se veía sometido a tensiones fuertes y violentas.

—¿Por qué la mató? —demandó Campos.

—En aquel tiempo, Bárbara era mi novia —exclamó Otero, con voz alterada por la emoción—. María estaba casada con Valenzuela. María, María, mi hermana, ella descubrió que Valenzuela y Bárbara...

Calló. Ocultó su rostro entre sus piernas. Un aullido doloroso salió de su garganta. Continuó:

—Ellos, ellos mantenían relaciones ocultas, ¡Eso es! ¡Eso es! Ellos se amaban, eso fue, así fue, lo recuerdo bien.

—¿Y entonces...? ¿Cómo la mató el juez?

—Desapareció. Nunca más supe de ella. Se la tragó la tierra. In illo tempore. La encontré veinte años después, cuando descubrí estos pasillos. Velis nolis. Quieras o no quieras. La reconocí por una pulsa en su brazo derecho. Yo se la había regalado.

—¡Dios! ¿En manos de quién está la justicia?

—Peccata minuta. Pecadillos, pecadillos.

—¿Y tú que eras en aquel entonces? ¿Barrías o eras abogado?

—Sí, creo que sí, pero no recuerdo bien. La memoria se niega a recordar.

—¡Por Dios!

Antonio estaba conmovido. Cristóbal clamó, entre gritos:

—¡El muy hipócrita! ¡Fingió una desesperación que estaba muy lejos de sentir!

Otero rio. Fue una carcajada brutal.

—¡Las apariencias engañan! —Rio nuevamente, con dolor. Se dirigió a Campos—. ¡Pero tú estás aquí! ¡Tú eres el brazo vengador, el brazo de Dios! ¡Tú me vengarás, te vengarás! ¡María te ha estado esperando desde hace treinta años!

—Merece morir —profirió Antonio, con odio.

—Tú se la darás, divino bravo mortal, yo te apoyaré y luego me desvaneceré en los infiernos que es el lugar que me corresponde. ¡Tú eres de Dios, yo soy de Satanás!

—¡Cállate! ¡Lo haremos, por mi hijo, por tu hermana! Guíame.

Lo intentaría otra vez. El conserje lo llevó a una nueva salida. Caminaron por el corredor secreto, por una zona erizada de salientes que dificultaban el paso.

—¡Benditas ruinas! —exclamaba Otero—. ¡Eres tumba de mi hermana, eres refugio de la venganza!

Avanzaron lentamente. La atmósfera era sofocante, sudaban copiosamente.

—Te llevo al ala derecha del receptáculo. A una oficina, a la del juez Gomero, desde allí podrás salir a un corredor. Tomarás por él hasta el pasillo que tú conoces, dos salas más adelante está la del juez Valenzuela.

—¿Cuál pasillo yo conozco?

—El del centro, por el que se sale o se entra, ¿lo has olvidado? Allí ocurrió tu mayor desgracia.

Antonio comprendió. Se detuvieron, una pared cerraba el paso.

—¿Y ahora qué hacemos? —inquirió Campos.

—Agacharnos. Yo horadé la pared como un topo, abrí una trampa en el revestimiento del librero. Por ella saldrás y entrarás. Dios existe, pero que exista no significa que esté pendiente de nuestros asuntos o les interesen. Dios es el arquitecto, el artista, el científico, el sabio —hablaba de prisa—. Todo se reduce a la tortilla, a la gran tortilla mater nutricia, rebosante de cebolla, jamón, carne, pescado, ajo, vegetales. En ella y de ella vivimos. No vimos quién la hizo, pero ahí estaba. Sólo un ingenioso y maravilloso cocinero pudo hacerla. Yo tengo ojos de gato. Nada escapa a mi vista: ni lo interno, ni lo externo. Puedo ver donde tú andas a ciegas. Mis ojos y mi alma forman un singular artefacto que me permite deambular por las sombras de este tétrico edificio de las sombras. Soy tu lazarillo, amigo. Tengo miedo, pero puedo guiarte a través de la ponzoña. No sabes lo que es el miedo, bayardo; no te lo puedes imaginar, fugitivo. El miedo se instala en tu médula y te convierte en un hombre muerto. Yo soy un hombre muerto. El hombre reina sobre otro hombre por el miedo. Hay muchos tipos de miedo. Te puedo hablar de miedos; los he sufrido en carne propia. Mi médula está llena de esos miedos. Yo soy un fantasma, he sido alcanzado.

Metió los dedos en la tierra endurecida como si quisiera arrancar pedazos de ella. En la parte inferior de la pared, a ras del suelo, había un hueco. Otero, con sumo cuidado, corrió el pestillo que aseguraba la madera y la empujó suavemente. Miró por la rendija. Abrió un poco más y pudo ver la oficina en su totalidad.

—Sursun corda. Arriba corazones. —Se echó a un lado—. Puedes salir. El paso está expedito. Aquí te espero. En caso de emergencia, dirígete al baño de las damas, ¡odio la violencia!

Campos se incorporó y atravesó la oficina. Fue directamente a la puerta. Movió el picaporte. Estaba cerrada con llave. La ira lo dominó por un momento.

—Está cerrada, es imposible salir de aquí sin derribarla —le gritó a Otero. Aquél sacó la cabeza y respondió:

—Si la puerta está asegurada es porque han cerrado las restantes.

—¿Qué quieres decir? —Campos se acercó.

—Festina lente, apresúrate lentamente, eso dije.

—No puedo, el tiempo está en mi contra. Ayúdame.

Dicho esto, se derrumbó. Las lágrimas saltaron. Un sordo ronquido brotó de su pecho. Los hombres no saben llorar. Otero fue sobrecogido como por una especie de visión.

—Los horrores —dijo con rabia—, tienen colores invisibles. El horror como otras muchas sustancias sale con la mezcla ordinaria de cosas conocidas. Oh, héroe, abandónate al llanto. Alíviate del rencor que te ahoga. El hierro se retuerce y ablanda al fuego para volverse más duro y frío.

Suavizó la voz.

—Todo por ti, acendrado campeón. El todo por el todo. Salgamos a la sala cinco.

Torres no se cruzaba de brazos. Estaba empeñado en terminar con aquel asunto lo más rápidamente.

—¿Qué has averiguado del juez? —preguntó a su subalterno.

—Poca cosa —respondió el teniente—. Es un hombre de hábitos regulares. Pequeño círculo de amigos. Aficiones sanas: música y pintura. Esposa, dos hijos, padre ejemplar, ciudadano modelo, buen vecino. En lo jurídico considerado hombre de línea dura. Ha enviado a muchos a prisión. Cualquiera de ellos quisiera crucificarlo.

—¿Y su relación con los empleados?

—Andamos a ciegas, deberás esperar el próximo boletín.

—El tiempo apremia. Voy a hablar con el juez.

Ross dejó que su jefe siguiera camino. Torres entró en la sala cinco. Se sentó en la última hilera de butacas. Desde allí, observó la celebración de un juicio. Un rato después, el juez suspendió la vista y dio un receso de quince minutos. Torres lo siguió a su oficina, allí le explicó en detalles su sospecha de que existía un cómplice, alguien que lo quería ver muerto. Y sugirió la necesidad de registrar minuciosamente su oficina. Torres se percató de que al juez no le gustó la idea.

—¿Qué relación puede haber entre mi oficina y ese individuo?

—No lo sé. Es lo que procuro saber.

—Y si le doy el permiso, ¿qué buscaría aquí?

—La entrada a un escondite.

Valenzuela no creyó lo que escuchaba.

—¿Cómo dice usted? —preguntó.

—Es una probabilidad. Es una idea descabellada, lo admito, ¡oh, contradicciones de la vida!, sin embargo, es la más sensata que se me ocurre.

—¿Significa que va a desbaratar mi librero, las molduras de madera preciosa? ¡No, capitán, no! Lo siento, pero es increíble que usted piense que aquí pueda haber un agujero por el cual entra y sale un hombre que pisó este tribunal por primera vez en su vida el día en que, perdida la razón, intentó asesinarme. Lo siento, pero me niego a cooperar de esa manera. ¡Por Dios, que dirá la prensa si sabe de sus sospechas!

Torres se limitó a echar un vistazo a la pieza de madera. Sabía muy poco al respecto, pero la belleza de la misma era impresionante. Era una moldura de las llamadas compuestas, consistente en una gran variedad de estilos, según se añaden filetes, se varían los centros de las curvas o se multiplican los toros, junquillos y escocias. Llevando, además, perlas, palmetas, ovas, estrías, canales, postas, meandros, grecas, lacerías y hojas de agua. Toda una obra de arte que, hasta el propio Torres, no muy inclinado a admirar estos portentos, creyó un crimen destruir.

XV

Otero y Campos caminaron por el angosto pasadizo y no se detuvieron hasta llegar a la oficina del juez.

—Es aquí —señaló, en un susurro.

Se echó sobre la pared y puso el oído.

—¡Asómate! —ordenó Campos—. Pudiera estar en ella.

Otero obedeció. Se agachó.

—Aquí estaban los restos de María —señaló con solemnidad.

Movió la pieza de madera. Acercó un ojo y miró a través del resquicio. Se oyó cerrar la puerta.

—¡Acaba de salir! —exclamó, en un susurro.

Antonio empujó a Otero y se deslizó fuera.

—¡No te equivoques! —oyó decir a Otero, a sus espaldas.

De dos saltos, salvó la distancia que lo separaba de la puerta. La abrió y, con el revólver en la mano, irrumpió en la sala. Buscó un ángulo de tiro favorable. Las exclamaciones de espanto del público alertaron a Valenzuela que se dio vuelta. Los dos hombres dispararon. Antonio no evitaba el encuentro con los proyectiles. Su preocupación era matar a su enemigo. El juez, por su parte, haciendo dos disparos, se parapetó detrás la mesa. Los policías dispararon también, a pesar de que decenas de hombres y mujeres corrían a la desbandada. Haciendo caso omiso al peligro, Antonio no detuvo su avance. Saltó al estrado en medio de la balacera. Buscó a su enemigo agazapado debajo de la mesa. Vio la toga negra y disparó una vez más. Iba a empujar el sillón cuando el juez Valenzuela disparó a través de la madera. Antonio sintió un golpe en un muslo. Retrocedió. Las balas en contra suya eran cada vez más numerosas. Se alejó del estrado, empujó a una funcionaria y se mezcló con el público que huía. Sintió la pierna pesada. Disparó nuevamente contra la tarima. Quiso correr, pero la pierna se negó a obedecerle. Una gran mancha de sangre se extendía por el pantalón. Se esforzó y con la pierna a rastras salió al pasillo en medio de los más rezagados, a los que amenazaba con el revólver. El pánico contagió a la sala contigua y una muchedumbre aterrorizada se unió a la otra. Pujaban por alejarse de la zona de peligro. La confusión le permitió a Campos llegar hasta el área de oficinas administrativas. Torció el camino y a pocos metros divisó la puerta del cuarto de baño de las damas. A sus espaldas, se produjeron varias detonaciones. Traspasó la puerta y la cerró tras de sí. Estaba mareado y pensó que se caería. Entonces sintió las manos de Otero.

—¡Oh, alegre luz del día de la venganza! —exclamó el alocado personaje que, inconscientemente, repetía trozos de Esquilo—. ¡Estás sangrando!

Estremecido de miedo, el ángel de la guarda apoyó al herido en su pecho y con una fuerza insólita para su escuálida apariencia, lo introdujo en la boca del escondrijo.

—¡Difícil de dirimir es la contienda! ¡El que quita la vida a otro pierde a su vez, la vida; el que mata sufre la pena de su delito! —Esquilo afloraba nuevamente a sus labios.

Haló a Antonio por la reducida galería hasta dejarlo al otro lado. Regresó a gatas y a toda carrera. Salió al baño y de allí al pasillo. En un gesto desesperado y suicida por eliminar todo rastro, se echó de rodillas en el piso y frotó un paño sobre las manchas de sangre.

—¡Estás herido, herido! ¿Y el otro? ¿Al fin pagó sus deudas?

Rociando líquido volvió al cuarto de baño, se lanzó sobre toda huella delatora que sus ojos, habituados a detectar suciedades, encontraba en la pared o el piso. Frotó con verdadero ahínco mientras echaba líquido. Su impulso perfeccionista le exigía repasar los mismos lugares. Escuchó pasos que se acercaban. Colocó la pieza en el lugar correspondiente, haló el alambre que movía el recipiente de la basura y se sumió en la oscuridad. Regresó a donde yacía Antonio, lo tomó por los hombros y lo haló hasta sentarlo.

—¿No puedes ponerte de pie?

Campos tenía los ojos cerrados, movió la cabeza en un gesto negativo.

—Estás herido. Macte ánimo.

—Déjame —la voz era un murmullo—. Lo siento, pero todo acabó.

Otero vio con horror como el cuerpo de su compañero se volvía laso.

—¿Él? — preguntó, desconsolado.

La cabeza de Antonio se inclinó y se fue de costado. Otero se apartó para que el cuerpo reposara en la tierra.

—¡Campeón! ¡Campeón! —lo llamó inútilmente.

El conserje se puso de pie de un salto. Corría, desesperado, de un lado a otro.

—¡Oh, Dios, Alá, Jehová, Júpiter, Zeus, Huiracocha, Odín, Obbatalá, Brahma, Ormuz, Quetzalcóatl! —imploró al cielo.

Su miedo, el miedo de muchos miedos, se acrecentó.

—Aquí yace el hidalgo fuerte.

Echándose de rodillas ante el cadáver de su cómplice lloró amargamente, con abatimiento y rencor.

—¡Sigue la vida útil sembrándose para que crezca la vida inútil! —se golpeó el pecho con ciego furor—. ¿Quedará tu muerte también impune? ¿No importarán tus hermosos atributos de hombre valiente y audaz?

Otero sufría porque se sabía cobarde.

—¡Estás ahí hombre, sin vida, acabado tu juego! ¿Quién tomará tu lugar?

Se tiró sobre las piedras sin importarle el dolor.

—Otorgas el bastón de relevo al menos capaz, al más cobarde. Yaces junto a lo más querido, y como aquella vez no tendré valor para morir como lo has hecho tú —su llanto retumbó trágico—. ¡Oh, dioses, cada cual tiene su callejón! Nos acompañamos por ratos, pero luego cada cual toma el suyo. He vuelto a quedar solo. Soy yo quien debe buscar los otros callejones y torcer el rumbo de los enemigos.

XVI

Al agente Ángelo le pareció oír un llanto lejano. Se detuvo intrigado. Aguzó el oído. Se acercó a la puerta y comenzó a desenfundar su arma. Lo sorprendió la violencia con que se abrió. En ella apareció un hombre con el rostro desfigurado por el tormento. La aparición fantasmal le sobrecogió por su dramático efecto. El aparecido lanzó un desgarrador grito de guerra. Llevando el asta de una bandera, lanza en ristre, Otero se abalanzó contra el desprevenido hombre que, apenas sin tiempo para reaccionar, fue atravesado de parte a parte. Víctima y victimario quedaron pegados. Otero jadeante. El agente miró con extrañeza al diabólico espectro; en sus ojos se dibujó una pregunta que nunca sería respondida; éstos se extraviaron y acto seguido, se desplomó. Otero temblaba.

—Ya tengo manchadas las manos! ¡Estoy manchado! ¡Son manchas que no se quitan; es sangre inocente! ¡Perdona, hermano, a este alucinado y miserable monstruo! ¡No tengo perdón! Lo dijo San Ambrosio: El que protege al débil contra el fuerte y al ciudadano compatriota suyo contra el invasor, merece bien de la justicia. El que no defiende a su compañero contra una agresión injusta, éste es tan culpable como el que le ataca.

Arrancó el arma de la mano inerte. De repente, olvidando los reproches de su conciencia por una acción tan malvada como la que había acabado de hacer, sonrió envalentonado.

—¡Estaba escrito! —pronunció, echando a correr.

Desapareció como había llegado. Sólo quedó su voz:

—¡Ven, Valenzuela, ven a mí!

Pero el juez estaba lejos. Abría la puerta de su casa. Al verlo, Bárbara supo que algo horrible había ocurrido.

—Por Dios, Guillermo, ¿ese hombre otra vez?

—Volvió a entrar a la sala disparando como un loco.

—¿Cómo te arriesgas de esa manera? —increpó, muerta de angustia—. ¡Ese hombre está loco! ¡Sólo una bala podrá detenerlo!

—¡No permitiré que él, ni nadie, me acorrale! —manifestó, enérgico.

Bárbara lo abrazó y apoyó la cabeza en su pecho. Él le acarició el cabello.

—Estoy preparado para defenderme —advirtió, suavemente.

—Por favor, júrame que no regresarás al tribunal hasta tanto no sea aprehendido...

—Me pides que me comporte como un cobarde.

La miró a los ojos. Bárbara estaba desesperada.

—¡No quiero que te pase nada! —gimió ella.

—Me enfrentaré a ese criminal las veces que sean necesarias.

—¿Qué hace la policía que no lo captura?

Valenzuela se separó de su mujer y fue a sentarse en un butacón. Ella le preguntó si deseaba un trago y él aceptó.

Bárbara corrió al mueble donde estaban las botellas.

—El capitán Torres tiene una hipótesis —explicó Valenzuela, levantando la voz para hacerse oír—. Dice que alguien lo ayuda.

—¿Un cómplice?

—Sí. Alguien que trabaja en el tribunal.

Bárbara regresó con la copa.

—¿Quién va a hacer una cosa como ésa? —la idea era horrenda.

Valenzuela bebió un largo trago.

—Uno de mis enemigos.

—Tú no tienes enemigos —Bárbara rechazó la idea, con aversión.

—Todos los tenemos —comentó Valenzuela, impasible.

XVII

Los sabuesos perdieron el rastro. El entrenador se volvió hacia Torres.

—Negativo, capitán.

Torres, impotente, se paró con las piernas abiertas y los puños en la cintura.

—Capitán, el jefe está en línea.

—Después... —agarró al teniente por las solapas de su uniforme—. Toma los hombres que sean necesarios. Registra cada una de esas oficinas y el cuarto de baño. Encuentra la cueva del ratón. Hállalo. Refuerza la zona. Le cerraremos el paso a él y a su cómplice, sea quien sea.

Otero se hincó ante el cadáver de Antonio. Estaba eufórico.

—¡Lo hice! —levantó el arma—. ¡Ya podré afrontar al monstruo, al dragón de las cien hipócritas cabezas, al del aliento quemante! ¡Lo buscaré y vengaré tu muerte, la de tu hijo y la de mi hermana! ¡Aleluya...!

Corrió por la galería sin importarle los tropiezos y descalabros. Lanzaba frases y largos discursos

retóricos en su obsesión por la palabra en uno de
sus arranques tribunicios. Había ganado un parti-
do y lo celebraba a su manera. Entretanto, su principal adversario, el capitán Torres, era reprendido
duramente.

—Te prevengo —le gritó el jefe—: Otra víctima y
te relevaré del caso. Dudo que seas capaz de terminar con esto.

Se miraron a los ojos. El jefe movía su dedo índice
delante de la nariz del capitán. Éste parecía de pie-
dra, sin expresión en el rostro.

—Me dan cocotazos por tu culpa —se lamentó—.
Lo toman como una cuestión política. La oposición
arremete.

—Ese hombre está agonizando; si no está muerto.

La noticia sosegó al jefe de la Policía Nacional
como por encanto. Torres prosiguió hablando con
intencionada calma:

—Resultó herido y la lesión parece haber afec-
tado arterias grandes; así lo demuestra el rastro de
sangre que dejó a su paso.

—¡Pero aún tiene fuerzas para clavar a uno de mis
hombres!

—Esa incógnita la despejaremos a su debido
momento.

El hombre de las estrellas miró a Torres. Escudri-
ñó su semblante, pero pronto desistió. Sabía que
nada sacaría en claro de aquel inexpresivo rostro.

—No quiero más alborotos, ¿me oyes?

—Procuraremos que no ocurran.

El escurridizo Otero no fue esa noche a pulir las
losas de la entrada del edificio. Era la primera vez

en treinta años. Se encerró en su habitación y se dedicó a urdir las maneras de llevar a cabo el asesinato del hombre odiado.

—Lo haré, lo haré, lo haré, lo haré… —repitió la letanía, incansable, durante horas.

A las seis de la mañana se presentó en el tribunal, tomó los utensilios de limpieza y se encaminó a las cercanías de la sala cinco. Observó con marcado interés el pasillo solitario que llevaba a la oficina de Valenzuela. Se puso a fregar el piso.

—Sabré esperar… —canturreó.

Valenzuela se despertó temprano esa mañana y se dedicó a mirar los noticiarios matutinos que brindaban grandes despliegues de los sucesos. No eran unánimes. Unos se referían a él resaltando sus cualidades de juez intransigente; otros en cambio, lo criticaban como extremista y discriminatorio. Apagó el aparato y hojeó unos papeles sin poder concentrarse en la lectura. La voz de su esposa lo interrumpió.

—¿No es muy temprano?

Él se volvió hacia ella y apenas mostró una sonrisa. Sin embargo, se esforzó en que su voz sonara cariñosa.

—Buenos días.

—Buenos días, querido. ¡Has madrugado hoy! —se besaron.

—Quiero estar temprano en el tribunal —respondió, hundiendo el rostro en el legajo.

A ella se le congeló la sonrisa. El ignoró su expresión. En esos momentos era incapaz de prestar atención a otra cosa que no fueran sus propias preocupaciones. Lo intranquilizaban serias sospechas.

—¿Vas a desayunar?

Observó el rostro recién levantado y le pareció hermoso aún sin haber pasado por el lavabo. Ella aprovechó para decir:

—Nadie te criticará si decides quedarte en casa.

—Ahora creo entenderlo todo. Se trata de ti, querida. Todo comenzó cuando nos enamoramos.

—¿De qué hablas, Guillermo?

—De cuando te conocí, de cuando comenzamos a vernos a ocultas. Nunca había amado como hasta ese momento.

Tan absorto estaba en sus pensamientos que al hablar no miraba a su mujer, ni a ningún lugar en específico; su vista vagaba sin prestar atención a lo que veía. Su voz, por otra parte, se redujo a un murmullo, como si hablara consigo mismo.

—Hablo de lo mucho que te amaba. Por ti era capaz de cualquier cosa. Me enamoré profundamente y no permití que nadie pudiera interponerse entre nosotros. Por ti traicioné al amigo.

Bárbara callaba. Valenzuela continuó:

—Bárbara, ¿quién se prestará a darle ayuda al asesino?

La mujer se rebeló.

—¡No creo eso! Esa es una excusa de la policía para justificar su ineficiencia. Inventan leyendas, aumentan los expedientes con el propósito de que no los acusen de vagabundos. Ganan tiempo. Tú conoces tan bien como yo el mecanismo.

—Pero no deja de ser una hipótesis interesante. ¿Crees que Cristóbal me guarde rencor desde que perdió a la novia?

—¡Cristóbal está chiflado! Pero es una chifladura inofensiva. Sería incapaz de hacer daño a una persona. ¿Te acuerdas en la universidad? Era un chiflado que no vivía en este mundo.

Valenzuela quedó pensativo.

—Presiento que todo es una misma cosa.

—¿De qué hablas?

Se puso de pie y se alejó de Bárbara. Después se volvió para preguntarle:

—¿Y si él, Cristóbal, descubrió algo que...? —no siguió adelante.

Valenzuela sacudió la cabeza. La idea lo horrorizaba. Bárbara comprendió que su esposo le ocultaba algo terrible.

—¿Qué me has querido decir con todo ese embrollo? Creo que merezco una explicación. ¿De qué estás hablando?

Pero Valenzuela se negó y volvió a fijarse en el legajo que tenía en las manos. Bárbara insistió:

—¿Por qué trajiste a Otero a colación? Dime...

Valenzuela miró a su esposa. Ella no lo reconoció en esa mirada.

—¿Es algo espantoso? —preguntó, cautelosa.

—No sé si deba decírtelo.

—¿Se trata de algo mucho más terrible que arrebatarle la novia a un amigo? —su voz tembló y sintió una repentina debilidad. Se sentó—. Puedes hablarme. Soy tu esposa, estaré contigo.

Valenzuela se dejó caer en el sillón. Su rostro se contrajo como si un dolor punzante se hubiera clavado en mitad de la frente. Tuvo que hacer un gran esfuerzo para poder hablar.

—Cuando la dejé a ella por ti, ella no quiso darse por enterada. Me asedió. No aceptaba la idea de que yo la abandonara. Iba al tribunal, día por día, me perseguía incansablemente. Cedí. A espaldas tuyas nos vimos. Quedó embarazada.

Una especie de lamento lo hizo volverse hacia su esposa. Esta era presa de una extrema rigidez; pálida, lo miraba espantada, mientras sus manos se aferraban a los brazos de la butaca con inusitada fuerza. Al verla en aquel estado, el juez le pidió clemencia con los ojos. Su voz se distorsionó de la emoción:

—Ella me amenazó con decírtelo. Me volví como loco. Comprendí que te perdería si tú llegabas a enterarte. Fue espantoso. Me chantajeaba, me exigió que volviera con ella. Aquella tarde fue a mi despacho, me dio un ultimátum. Discutimos. Me cegué y la golpeé, una, otra, y otra, y otra vez.

—¡Dios mío! —Bárbara se resistía a creer lo que escuchaba.

—La maté. Conocía que en mi librero había una entrada a un pasillo secreto. No lo pensé dos veces. La arrastré hacia aquel lugar y allí la dejé.

—Nunca más se supo de ella —admitió Bárbara—. Se dio por desaparecida.

Bárbara se alzó y caminó tambaleante. Valenzuela se limitó a seguirla con la vista. De repente se sintió sin fuerzas para continuar hablando. Se dio cuenta que experimentaba el miedo de los culpables, de los que puestos de pie esperan por el veredicto. Lo que tantas veces, desde su puesto de juez, observó en tantos y tantos condenados. La vida se burlaba: ahora era él quien ocupaba el banquillo de los acusados.

—¿Temes que Cristóbal haya descubierto el pasadizo secreto y el cadáver de su hermana? —la voz de su esposa le llegó desde muy lejos.

—Eso mismo. ¿Quién más iba a querer vengarse?

Calló y soltando los papeles metió su cara entre sus manos.

XVIII

A las ocho de la mañana, Valenzuela entró por el pasillo principal. Vio a Otero completamente concentrado en su limpieza. Durante algunos minutos lo observó. Éste, sin percatarse de la presencia de su enemigo, peroraba en voz baja mientras pulía las losas con estoico furor. Al juez le pareció poco perspicuo; incapaz de acometer con eficacia tales maquinaciones. Viendo la figura inofensiva y ajena a todo, desechó sus sospechas. Sin lugar a dudas, era otro su adversario. Repasó mentalmente posibles enemigos. En toda vida los hay: la amante-secretaria desdeñada; el colega que por su veto no había alcanzado la posición que anhelaba; los envidiosos; los que habían recibido un trato severo. Sí, él tenía enemigos. Algunos de ellos estaban muy cerca. Concluidas sus lucubraciones, se acercó al conserje, amistosamente.

—Hola, filósofo.

Otero detuvo la discusión que sostenía consigo mismo. Desde el suelo, se limitó a levantar los ojos hacia el hombre.

—El suicidio es una aberración fisiológica. Una perturbación de la armonía de las funciones —le espetó al juez.

Valenzuela lo contempló por más tiempo del que hubiera utilizado en otra oportunidad.

—Te has golpeado la cara.

—Los frondosos álamos son renuentes a ser derribados.

Valenzuela sonrió, le pareció imposible que aquel pobre diablo fuera capaz de prestarse a complicidades con un asesino.

—¿Te has enterado de que un criminal recorre de un lado a otro los pasillos del tribunal?

—Lo han hecho in sáecula saeculórum.

—¿No tienes miedo de enfrentarte al criminal?

—No la debo, no la temo.

Valenzuela descubrió una alusión a su persona.

—¿Crees que yo la debo?

—La muerte es un regalo de los dioses. ¡Groseras alimañas, desagradecidas, hemos torcido el sentido de los designios divinos! ¡No deberían temerla, pero no hay cosa que os espante más!

—¿Tú no la temes?

—La considero mi aliada. No la temo, la espero como lo que es: un regalo de los dioses. Cuando muera, mi espíritu quedará liberado y será dueño de la eternidad. Entonces volaré a las aguas que bajan por los acantilados del triásico, me bañaré en ellas; deambularé por las sabanas del Jurásico en busca del Seismosaurus, visitaré el mundo de los reptiles. ¿Te has preguntado que harás cuando mueras? ¿Te llevarás tus libros o te irás a domesticar animales con los pastores del Norte de África? ¿No te gustaría acampar con el Neanderthal, el Cromagnon? Habitar el Valle Tehuacán; construir chozas de barro y cañas en Cuicuilco; navegar en barca por el Nilo; presenciar la construcción de las pirámides; vitorear a Saúl y a David; ser soldado asirio; profesar el mazdeísmo...

Oyendo al inquieto lunático, Valenzuela desechó sus recelos. Aquel ser insignificante no podía ser una amenaza para nadie. El juez se sintió descansado delante de aquel peculiar individuo. Cortó el discurso de manera amable.

—Cuídate de todos modos —dijo a manera de despedida.

Tomó rumbo a su oficina al final del pasillo. El conserje miró el reloj. Faltaban cincuenta minutos para que el público inundara los pasillos y las salas. Siguió con la vista la figura que se alejaba.

—Veré la llegada de los aqueos; seré arconte, pondré piedras en la muralla china...

Torres se detuvo a hablar con Valenzuela. Éste le dijo:

—He estado pensando en su teoría de que alguien ayuda al malhechor. Su suposición nace de la facilidad que ha tenido el criminal para moverse con relativa impunidad por este edificio. Se basa en la existencia de una persona que conoce íntegramente esta edificación.

—Así es —admitió el policía.

—Debemos agregar que debe ser mi enemigo mortal. He meditado profundamente acerca de estas dos condiciones que debe detentar su sospechoso y no recuerdo tener un enemigo de esa categoría en este recinto. No he hecho tanto daño como para ganarme un odio tan vándalo entre mi propia gente. Por mi condición de juez, hay muchos que desearían verme en el infierno, pero no creo que ésos estén involucrados en estos acontecimientos.

—Aun así, señor. Existe. Hay un cómplice. No olvide que su agresor está herido gravemente. Un hombre solo, en esas condiciones y en este lugar, no vale mucho sin ayuda. ¿Y qué tal de la suya?

—¿A qué se refiere, capitán?

—Permítanos revisar su oficina. Su colaboración podría ser decisiva.

—Capitán, eso será lo último que haga usted.

Dando media vuelta entró en su despacho. Torres esperó a que cerrara la puerta. Hizo una seña al custodio que mantuviera los ojos bien abiertos. Después echó a caminar por el pasillo. Ya Otero no estaba allí. Había regresado a la galería. Se dio cuenta de que pronto el cadáver de Campos se corrompería. Decidió moverlo. Llevarlo hasta el lugar donde reposaban los restos de su hermana. Aún mantenía la rigidez cadavérica y era excesivamente pesado, por lo que debió arrastrarlo, halándolo por las axilas. A Otero lo afectaba una fuerte crisis de excitación, la que le daba fuerzas suficientes para trasladarlo de salto en salto. A veces tropezaba; el cadáver y él iban a dar al suelo. Cantaba una endecha que, en su mente de loco, se le semejaba un himno de cien voces. Oficiaba las exequias al más grande de los héroes:

—Cantemos cosas algo más altas. ¡Ora pro nobis!

Y halaba el pesado cuerpo que se negaba a seguirlo.

—¡Ora pro nobis!

Su voz retumbaba en los fríos y desiertos pasillos, condenados a las tinieblas desde tiempos pretéritos. Las trompetas sonaban y los hombres al paso del cortejo rendían honores al noble caballero.

—¡Ora pro nobis!

Cristóbal repetía, incansable, la frase; luchando, a duras penas, con la extenuación. Era el más desgarrador funeral.

Valenzuela se detuvo en medio de su oficina. El capitán tenía razón: alguien ayudaba al criminal. Soltó la cartera y fijó su mirada en el revestimiento de madera, en el lugar donde se hallaba la entrada secreta. Contempló largo rato el sitio, sin moverse. Si alguien debía ser su enemigo, ése era Cristóbal, el loco lunático del tribunal.

Otero halaba el cadáver sin cejar en su empeño.

—¡Ora pro nobis!

A veces, tropezaba y caía, pero se volvía a parar.

—¡Ora pro nobis! —repetía, bajo un impulso irrefrenable.

El juez se acercó como alelado al chaleco blindado que yacía sobre el diván. Con uno de sus dedos tocó el impacto de la bala. He ahí marcado mi fin. Sacudió la cabeza y llamó a su secretaria.

—Desearía que nadie me molestara.

Esperó a que la mujer se marchara. Fue a la puerta y se cercioró de que estaba cerrada con llave. Regresó a la gaveta del escritorio, de donde tomó la pistola y revisó el cargador. Se echó el arma en el bolsillo del saco. Se dirigió a la trampa, trató de moverla, pero estaba asegurada por el otro lado. De una patada la hizo saltar. Cristóbal temblaba de pies a cabeza, convulsionado por uno de sus frecuentes ataques. Había llevado el cadáver de Antonio Campos hasta el derrumbe; se detuvo en lo alto de la pared que caía a manera de escalones.

—¡Otra vez el miedo! ¡Otra vez tengo que sobreponerme a él! ¡Cuánto me aterra tener que hacerlo! Lanzarlo al vacío es agredirlo; es infligir heridas a su rostro; a esos ojos que tanto me miraron durante los últimos días; a esa boca que sólo sabía regañarme. ¡Tengo miedo! Debo lanzar a un amigo al abismo. ¡Oh, dioses, me hacen enfrentar a mí mismo! Cuán terrible es enfrentarnos a nuestros propios escrúpulos. ¡Oh, dioses, yo era un mediocre, un hombre sin huellas, y ya estoy llena de ellas!

Acopiando todas sus fuerzas, dio el empujón final. Escuchó el golpeteo que producía el cadáver al caer al fondo del subterráneo. La impenetrable oscuridad impedía ver el descenso.

—¡Oh, secretos de la vida y de la muerte! —vociferó, exaltado.

Estaba impresionado por los sucesos de que era protagonista.

—¡He ahí un cuerpo que fue ágil, móvil, caliente, vivo, y por un secreto de la muerte, se ha vuelto frío, pesado, yerto!

Cuando cesó el ruido, Otero comenzó a descender. Después, movió el cadáver hasta situarlo junto a los restos de su hermana.

—¡Ora pro nobis! —exclamó, con estentóreo grito. ¡Ese hombre no sirve a la justicia, ella es su sirvienta!

Valenzuela se detuvo desorientado. Esperó a que sus ojos se acostumbraran a la oscuridad. Buscó en el suelo. No estaba el esqueleto de María.

—¡Eres tú! —profirió, entre dientes.

Extrajo el arma y echó a andar por el angosto pasillo. Otero contemplaba absorto los restos mortales de los dos seres humanos que más cerca estuvieron de él.

—¡Ora pro nobis! ¡Yo seré el brazo ejecutor de la justicia! ¡Yo los vengaré! ¡Cuique, suum! A cada cual, lo suyo —vociferaba, mientras cavaba una tumba.

—¡Otero! —la voz de Valenzuela le llegó de lo alto.

Detuvo el movimiento de la azada. Cristóbal volvió el rostro convertido en una terrible máscara donde afloraban los peores instintos.

—¡Otero! —volvió a escuchar la odiada voz— ¡Otero, sé que estás ahí! ¡Tú eres el cómplice!

—¡Dies irae! ¡Día de la ira! —respondió, con voz ronca.

—Dile que salga, que no se esconda. ¡Aquí estoy yo!

—Yacen juntos. Aquí yacerás tú también.

Una risa estentórea, infernal, retumbó a lo largo de la caverna.

—¡Tú eres el cómplice! Debí suponerlo siempre. Eras mi enemigo. ¡Cobarde! Te refugiaste en la locura porque no tenías valor para enfrentarte. Te degradaste, Sócrates. ¡Si yo soy digno de castigo por mi crimen, tú eres digno de lástima por tu cobardía! Tú y él morirán. ¿Por qué no viene él a vengar la muerte de su hijo? ¿Por qué no vienes tú a cobrarme la muerte de tu hermana? ¡Habla!

—El silencio es otra manera de manifestarse —respondió Otero, desde lo profundo del hueco.

—¡Cobarde! El miedo te volvió loco, te refugiaste en la locura porque no tuviste valor para aceptar la pérdida de Bárbara, ni la pérdida de tu hermana. Le cogiste miedo al mundo. ¡Eres un cobarde!

—La traición es el valor de los cobardes. Tú y yo nos hemos escudado en ella para llevar a cabo nuestros propósitos —respondió—. Traicionaste a quien te quería para alcanzar tus ambiciones. Yo traicioné a quien odiaba con tal de matarlo.

Valenzuela, desde lo alto, escuchó las pisadas.

—¡Ora pro nobis! —exclamaba el loco.

El destello del disparo de la pistola alumbró por un tiempo pequeñísimo, mientras el estampido retumbaba y recorría las galerías ocultas de la mansión judicial.

—¡Ora pro nobis! ¡Soy el brazo vengador! —confirmó Otero, asiendo firmemente la azada con sus manos.

Valenzuela volvió a disparar. El limpión se detuvo, o, al menos, eso le pareció al juez que no oyó más sus pisadas.

—¡Otero! ¡Otero! —lo llamó.

Sólo le respondió el silencio. Al otro lado del edificio, la policía encontró la entrada secreta del cuarto de baño. Estaba tan a la vista de todos que se asombraron de no haber dado antes con ella. Alguien intentó apartar el recipiente de la basura y descubrió el alambre que lo unía al piso, lo levantó y vio que salía de debajo del piso, además, se percató de la diferencia de color de las junturas de una de las losas y la golpeó. Ésta produjo un sonido diferente al resto, lo que indicaba que debajo de ella estaba hueco. Como la loza ajustaba a la perfección hubo necesidad de romperla para poder dejar libre el pasaje. De inmediato, un equipo de captura se introdujo al paso subterráneo.

Valenzuela escuchó un ruido y disparó. Sabía que Otero estaba cerca. Quizás lo había herido y estaba recostado a la pared; apenas necesitaba un empujón para caer al hueco negro. Se animó.

—¡Te encontraré! —masculló.

Con el pie derecho buscó sostén y sólo después de comprobar la dureza del terreno, se apoyó. Repitió la acción: fue bajando el pie hasta que éste dio con el firme. Inmóvil, escuchó atentamente. Todo estaba en silencio. Sólo su respiración la rompía. Decidió avanzar. Buscó nuevamente la superficie rocosa, estaba más alejada de lo que suponía, comprobó su consistencia. Después, con cuidado abandonó el sostén anterior y puso el otro pie. De repente, perdió el apoyo. Fue un movimiento corto y repentino, que lo desestabilizó y lo obligó a aferrarse a la pared.

—¡Ora pro nobis! —exclamó el demente, con un grito.

Valenzuela disparó. El breve destello le permitió ver a Otero a poca distancia, con la azada en alto, la que se precipitó contra él con todas sus fuerzas. Un golpe seco inmovilizó al juez que quedó con los ojos muy abiertos y con una mueca de asombro. La sangre saltó copiosamente, cubriéndolo. Otero soltó la azada y Valenzuela cayó sin vida a encontrarse con Antonio Campos y María Otero.

XIX

Torres corrió a la oficina del juez. Le llamaba la atención el empecinamiento con que se negaba al registro. Quería ver su reacción al saber que había hallado la entrada al pasadizo secreto. La secretaria se interpuso a su paso.

—Lo siento. Su señoría me encargó que nadie lo molestara.

—Necesito hablar con él. Dígale que es urgente... —como la mujer no tenía intenciones de moverse, la echó a un lado. Torres tocó en la puerta. Esperó en balde—. ¡Abra!

La mujer obedeció de inmediato.

—¡Me reprenderá por su culpa...! —enmudeció, repentinamente, al ver el hueco en la pared.

Torres, extrayendo el arma se introdujo por la abertura, seguido por sus hombres.

Se acercaban personas. Otero oía claramente sus pisadas y el golpeteo de las armas largas al chocar contra las paredes. Retrocedió para volver a bajar.

—Homo homini lupus. ¡Soy el lobo! ¡Todos me vienen a buscar y no tendrán piedad!

Se hincó brevemente ante los cadáveres. Se persignó y continuó su camino. Sólo se detendrán cuando me saquen a rastras in artículo mortis. Los acontecimientos habían exaltado su fantasía. El niño que no había dejado de ser, se imaginaba encuentros en los cuales batía a sus enemigos de certeros disparos.

—¡Acabaré con todos! ¡El hombre es el lobo del hombre!

Y apuntaba a uno y a otro lado con el arma arrebatada. Era un niño peligroso. Siguió el curso de las paredes, el camino trazado por los paredones que se alzaban, infinitos. El edificio del tribunal colindaba por detrás con una colina que, a su vez, servía de base a un moderno hotel. Al reconstruir el tribunal en la década del treinta, se limitaron a emparedar las ruinas de lo que fue la parte posterior del primer edificio. Hacía allá se dirigía Otero. La voz del megáfono retumbó: ¡Antonio Campos, estás rodeado, entrégate!

—Requiescat in pace —murmuró Otero, con amargura, sin detener el paso.

Caminaba con cautela. La linterna apenas alumbraba. Andaba por un lugar desconocido, preñado de trampas mortales. Mientras lo hacía, no cesaba de hablar. A veces, resultaban frases disparatadas que sólo él comprendía su significado. Otero padecía de ambolalia, la interpolación en el lenguaje de palabras o sonidos sin significados; cantinfleaba, en un impulso irreprimible acentuado por la tensión a que se veía sometido. Se detuvo. El pasadizo se había estrechado y le era casi imposible avanzar. A esto se agregaba la dificultad para respirar; el aire estaba viciado. Le llegaba un fuerte olor a metano. Dirigió el haz de luz hacia lo alto, más allá de algunos metros reinaba la oscuridad más absoluta. Otero apoyó la espalda contra una de las paredes y los pies contra la otra. De este modo, comenzó a ascender. Era una manera de trepar rápida y sin grandes esfuerzos. ¿Tu conciencia no reclama paz de espíritu?, hizo la pregunta como si alguien se la formulara a él. ¿No te cansas de pensar mal, de actuar mal, de hacer mal todo el tiempo? El alma sólo puede purgar la falta por medio de la pena. ¿Qué es la falta?, continuó en su diálogo. La trasgresión de la justicia para entregarse a un placer que ella prohíbe. Nada se ha transgredido; niega. Hicimos la justicia por nuestras propias manos, ya que las manos de la justicia siguen estando sucias. ¡Este es el antro de la injusticia! ¡En nombre de qué hombres se han cometido los peores horrores! Mal al que ha hecho mal, no es hacer mal. Es cobrarle algo de lo mucho que debe. ¡Que purguen los culpables, ha llegado su hora! Yo he purgado mi pecado, he expiado mis faltas que eran horribles; no sólo por deber, sino por consuelo.

La policía encontró los cadáveres de Campos y Valenzuela, en gesto macabro, como si aún libraran una encarnizada batalla. Ross se agachó a observarlos.

—Sí, son ellos. Además, hay restos de una persona muerta hace años.

Torres hizo un gesto de asombro que pasó inadvertido.

—Busquen al forense. Esto se pone interesante —dijo. El asesino de Valenzuela no debe estar lejos.

Lleguemos hasta el final de este corredor, ordenó, mientras extraía su pañuelo.

Otero trepaba sin descansar. Suspendido, a una altura vertiginosa; estaba sujeto por la presión de sus pies y de su espalda a las paredes. Sudaba copiosamente. El aire era cada vez más escaso y respiraba con dificultad. El metano aumentaba en proporción geométrica, pero a pesar de este inconveniente no desistió de su huida. Por otro lado, se alegraba de estar rodeado de la oscuridad más absoluta, así no podía ver la distancia que lo separaba del suelo; la altura lo asustaba. Dirigió la luz hacia lo alto: el techo estaba a poca distancia. Un escalofrío lo recorrió. Ojos que no ven, corazón que no siente —exclamó. Comenzó a moverse horizontalmente. Lo hizo hasta que se percató de que se reducía el espacio entre una pared y otra. Otero comprendió que la pared en cuya superficie se apoyaban sus pies no era otra cosa que la falda de la colina. Trepó aún más, hasta que su cabeza dio con la placa. Allí, la pared se abre en una especie de caño, donde pudo descansar. Se sentó en el arco formado por la roca. No escuchó ruido alguno y eso lo calmó.

—¡No me divisarán! Estoy en lo alto del Gran Cañón del Colorado y ellos desandan el lecho seco del río.

Sujetando la linterna con la boca; a gatas, a pesar del calor y lo irrespirable del ambiente, recorrió un largo trecho. Se detuvo contra su voluntad. Tenía desgarradas las manos. La mampostería y la roca siendo ásperas, le laceraban manos y rodillas. Sangraba, pero se impuso a la adversidad. Su objetivo era alejarse de sus perseguidores. Desconocía hacia donde se dirigía y cuán largo era el caño. Aun así, iba de prisa. La pared se abrió abruptamente y sus manos se hundieron en el vacío y se fue de bruces. La linterna se escapó de sus dientes. Quedó sin apoyo, colgado en el abismo. Sus pies eran los únicos que lo sujetaban. A punto estuvo de caer al negro abismo. Trabajosamente, logró asirse y regresar. Estaba ciego. Eso creyó en el primer momento; después, advirtió que se había quedado sin linterna. La oscuridad absoluta le rodeaba. El miedo desató la lengua. Repetía trozos de textos en una verborrea incesante y vertiginosa. Disertaba sobre ética y suicidio sin tener conciencia de lo que decía. Estaba conmovido por la posibilidad de quedar atrapado. El trágico atascamiento en el caño removió su miedo a quedar encerrado para siempre en este nicho. Buscó en el overol. Sus largos dedos nudosos registraron los bolsillos, en los cuales cargaba mil pequeños objetos. Le vino el alma al cuerpo cuando halló la caja de cerillos. Se acercó al precipicio. Necesitaba saber la distancia que había entre las paredes. Ralló el fósforo. Una débil luz azul rasgó el espacio delante de sus ojos. A pocos pasos, una luz más intensa saltó, produciendo un chasquido. En lo adelante, se sucedieron chispas, cada vez más grandes y explosivas. Sólo tuvo tiempo de cubrirse con los brazos. Había desencadenado las poderosas fuerzas de los infiernos. Todo ocurrió en centésimas de un segundo. Las explosiones removieron y sacudieron las paredes. Fue una reacción en cadena que rajó el edificio en pedazos. El metano se encendió, el siniestro se propagó a través de las galerías. Reventaron paredes, caen salas y oficinas. El infierno había venido a castigar tanto odio y violencia. Después sobrevino un largo silencio. Otero levantó la cabeza, pero no se quejó de la piel chamuscada. A pocos pasos de él caía un chorro de luz proveniente del exterior. La explosión había rajado la placa. Apartó algunos escombros y agrandó el hueco. Introdujo la cabeza y después fue sacando el resto del cuerpo. Estaba en la azotea.

—¡Consummatum est! —exclamó, eufórico.

Grandes columnas de humo se alzaban al cielo.

—¡Todo arde! Es hora de regresar a casa.

Y corrió hacia la colina vecina. Fue directamente para su apartamento.

—¡Hola, ya regresé! —exclamó, alzando la voz para hacerse oír—. Vengo con las tripas calcinadas, pero satisfecho.

Se fijó en unos libros que Antonio había desarreglado, los alineó y dijo en voz alta:

—Me afeitaré y me ducharé.

—¿Qué hiciste de cena? ¿Me escuchas?

No obtuvo respuesta. Se quitó la ropa, sucia y rota, y sin prestarle atención a su maltrecho cuerpo, se dirigió al cuarto de baño. Se duchó con calma. Durante ese tiempo estuvo contando con lujo de detalles sus peripecias. Después de asearse, se dirigió a la habitación. Sonrió.

—Te lo advertí, Bárbara, algún día nos vengaríamos de Belcebú.

Se echó en la cama y disfrutó de la imagen de la amada; acostada junto a él, desnuda, mostrando su cuerpo apetecible, lozano, abundante. Le acarició los pies, los que comenzó a besar, mientras decía:

—Sé que te alegras de mi regreso, sé también que él me hizo mucho daño. Yo también lo hice. Aprendí a hacerlo. Acarició las piernas y los muslos.

Otero vio como la mujer entrecerraba los ojos.

—El mal estaba en él. Lo hizo por todos los medios que pudo, en todas las formas que pudo, en donde pudo, todas las veces que pudo, a todos los que pudo, y por todo el tiempo que dejamos que lo hiciera.

La besó en el lóbulo de la oreja. Después la atrajo por la cintura. Toma mi sexo. Yo tomaré el tuyo. Me gusta. Otero sonrió, masturbándose. Lo despertaron unos toques violentos en la puerta. Sacudió la cabeza aún somnolienta. Estaba sobre la cama, desnudo. Volvieron a retumbar los golpes. Se sentó. Sabía quién llamaba a la puerta.

—Vosotros, todos los que tenéis el estómago vacío, venid a mi casa que yo os restauraré.

Se levantó y se puso el pantalón. Descalzo, se encaminó a la puerta de la calle, la abrió y dos agentes se abalanzaron sobre él, le retorcieron los brazos y las manos para luego esposarlo. Otero no opuso resistencia. Entretanto, un grupo de uniformados se precipitó a registrar el apartamento. Torres, chamuscado, se paró frente a él.

—Cristóbal Otero, se le acusa del asesinato del juez Guillermo Valenzuela y de ser cómplice de Antonio Campos. Usted es la única persona con motivos para ayudarlo. Tiene derecho a guardar silencio...

—Conozco el procedimiento —interrumpió—. Me convertí en cómplice de Antonio Campos por propia voluntad. Lo ayudé y le di sepultura. Maté a Valenzuela. Agredí y maté a un agente. No tengo excusas ante la sociedad. Soy culpable, pero mi conciencia está tranquila. Cumplí con los míos. Dixi. He dicho. Acta est fabula.

ÍNDICE

www.ingramcontent.com/pod-product-compliance
Lightning Source LLC
Chambersburg PA
CBHW031254060726
47590CB00003B/902